Dita Zipfel

Wie der Wahnsinn mir die Welt erklärte

DITA ZIPFEL

Wie der WAHNSINN mir die WELT erklärte

illustriert von RÁN FLYGENRING

dtv

1

»Bah! Ein Mädchen!« Der Mann schiebt die Tür, die er nur einen Spalt geöffnet hatte, wieder zu.

»Wie bitte? Entschuldigen Sie mal! Hallo?« Ich klingele noch mal, höre gar nicht mehr auf, ein nervender Rhythmus, ein spitzes Stochern im Gehörgang.

»Geh weg, Mädchen!«, ruft er von drinnen.

»Ich bin wegen Ihrem Aushang hier.«

»Keine Mädchen!«

»Das stand aber so nicht auf Ihrem Aushang.«

Keine Reaktion. Nur Schritte, die sich von der Tür entfernen.

Wo ist der Typ bitte hängen geblieben? Junge oder Mädchen, was spielt das denn für eine Rolle, wenn es darum geht, mit einem verdammten Hund spazieren zu gehen? Außerdem bin ich jetzt hier, habe 2,10 Euro für das Busticket bezahlt und tierisch keinen Bock auf Zeitungenaustragen. Wenn ich mich nicht zu Fuß in den hundertsten Stock hochgekämpft hätte, wäre ich vielleicht sogar wieder gegangen. Gut, konnte er nicht wissen, dass ich ein Problem mit Fahrstühlen habe, ist aber der Grund, warum mein Finger schon wieder am Klingelknopf festklebt.

Es wird kurz dunkel hinter dem Türspion. Der Mann guckt durch.

»Herräh«, ich linse noch mal kurz auf das Schild, »Klinge, äh, ich bin Lucie Schmurrer, und ich …« Klingeln ging irgendwie leichter.

Die Tür öffnet sich trotzdem.

»Was das!«

»Äh, was?«

»Das! Was das?«

»Smoothie. To go sozusagen, mach ich mir manchmal für unterwegs, und hier rauszukommen dauert ja wirklich ein Weilchen. Mit dem Bus fünfzehn Stationen von mir aus. Sie wohnen ja nicht gerade zentral, Herr Klinge.« Ich lache. Warum lache ich? Es ist nicht lustig. Außer mir lacht niemand.

Plötzlich macht es:

Oder so ähnlich. Jedenfalls irgendein Geräusch, ein schnelles.

Er hat mir den Becher entrissen. Gesehen habe ich nur seine Hand. Diese Hand, die aus dem Türspalt hervorgeschnellt ist wie die Zunge eines Frosches, die sich an meinen Becher geklebt hat und dann wieder im Türschlund verschwunden ist.

Und auch wenn es nur kurz war, ich bin mir sicher: Noch nie habe ich so eine Pranke gesehen. Eine Hand, mit der man Saft aus Äpfeln pressen und locker zwei Feldhasen gleichzeitig erwürgen kann. Ich fasse mir kurz an den Hals.

Hinter der Tür schlurpst es. Dieses Schlurpsen, wenn man die letzten Reste durch den Strohhalm saugt. Dann kurz Stille.

»Reinkommen«, grunzt es von innen.

Die Tür geht auf, und ich sehe ihn an. Ein dünner, sehr gerader, alter grüner Mann ohne Schuhe. Ein barfüßiger Opa in Outdoor-Uniform. Ich gucke ihn an, meine Augenbrauen schieben sich zusammen, ich denke: Hat er sich verkleidet, oder ist er einfach überausgestattet? Ein Opfer der Werbung, das meint, alles zu brauchen, was ihm angeboten wird? Außer Schuhen? Einer, der einen Spaziergang mit seinem Hund nicht ohne GPS-Gerät unternimmt? So wie manche Leute denken, sie könnten nicht joggen gehen, wenn sie nicht ihr Handy an den Arm und drei kleine Wasserflaschen um den Bauch gebunden, die neuesten Full-Suspension-Schuhe an den Füßen und einen Schweiß abtransportierenden, farblich aufeinander abgestimmten Zweiteiler anhaben? Und dann schaffen sie eine Runde um den Park.

Herr Klinge trägt Weste, Hose und Hemd in verschiedenen Grüntönen und mit zusammengenommen ungefähr fünfzig Taschen, die alle irgendwie gefüllt aussehen. Ein übertriebener Förster im Hochhausblock. Überall Haken, ein Helm und ein ordentlich zusammengewickeltes Seil am Gürtel, als wollte er sich jeden Moment aus dem obersten Stock abseilen. Ehrlich gesagt, so rein körperlich würde ich es ihm sogar zutrauen. Auch wenn er faltig ist, er sieht extrem fit aus. Wie ein viel benutzter Turnschuh. Ein vom Leben zum perfekten Werkzeug geformter Körper.

»Kommst du jetzt rein oder nicht, Mädchen?«

2

Gestern habe ich es gefunden, das goldene Ticket in ein besseres Leben. Es ist aus Pappe und hing am Schwarzen Brett eines Supermarktes.

Hab es mitgenommen, ist schließlich *mein* Ticket. 20 Euro die Stunde! ZWANZIG! Ich werde diesen Hund so was von Gassi führen, ich werde seinen Kopf tätscheln – egal wie hässlich er ist –, ich werde mit ihm um den Block gehen, bis ihm schwindelig ist, ich werde ihm seine Scheiße in kleinen schwarzen Beuteln hinterhertragen und neben ihm warten, wenn er an einen Busch pinkelt. Ich werde andere Gassigänger grüßen, als wären wir Mitglieder des gleichen Geheimklubs, werde dem Wind trotzen und der Sonne, ich werde ihn zurückhalten, wenn er andere Hunde bespringen oder kleine Kinder auffressen will. Ich werde alles tun, von mir aus dreimal am Tag. Dieser Hund ist meine Rettung, ich hab's mir ausgerechnet:

1 Ticket nach Berlin ohne Bahncard 100 €

1× Kino + Popcorn (HÖCHSTENS EINMAL DIE WOCHE, MINDESTENS EINMAL IM MONAT = DIE ANZAHL DER KINOBESUCHE MIT, MEINEN FORSCHUNGEN ZUFOLGE, GESUNDHEITSERHALTENDEM EFFEKT) 10 €

1 mal (mindestens) mittelgutes FALAFEL 3,50 €

1 mal RICHTIG guter Burger (vegetarisch) 6 €

1× mit Bernie frühstücken gehen (BUFFET) 40 €

1× Lieblingsblumen als Geschenk ~10 €???
↳ LILIEN? MAMA FRAGEN, UNAUFFÄLLIG.

1 Woche ~~Bus~~ U-Bahn-Fahren 10 €

1 mal die Woche (mindestens) einkaufen gehen für zwei
↳ 50 €?

Prepaid aufladen 20 €

Zeitung (EINMAL DIE WOCHE, WENN JOBANGEBOTE DRIN SIND) 2 €

Sagen wir, ich brauche vier Wochen, bis ich jemanden gefunden habe, der eine Minderjährige Vollzeit einstellt, dann macht das also:

= 437,50€ (WENN ICH WIRKLICH NUR EINMAL INS KINO GEHE)

↓

437,50€ : 20€ = 21,875, ALSO 22 STUNDEN GASSI GEHEN.

Wie lange kann man maximal pro Tag Gassi gehen? Sagen wir, drei Stunden?

22 STUNDEN : 3 STUNDEN = 7,33333333 USW. USW. USW.

Heißt: In einer Woche ziehe ich aus!

Siebeneinhalb Tage. Siebeneinhalb Tage der Michi. Siebeneinhalb Tage die trockene Hitze der Wohnung, siebeneinhalb Tage stundenlange Teezeremonien, siebeneinhalb Tage solche Sätze wie: »Der Klang deiner Seele geht heute ins Rötlich-Blaue.« Und danach ein Leben mit den zwei Lieblings-Bs. Bernie und Berlin.

3 Wahrscheinlich werde ich eine Mischung aus Biologin und Anthropologin. Ich glaube, mit der Kombination hat man gute Chancen, die Menschen eines Tages zu verstehen. Ich übe. Derzeitige Forschungsprojekte:

SUBJEKT 2: DER MICHI

- sanfte Stimme
- langes Haar
- Lieblingsmusik: Wale, die auf der Panflöte gregorianische Mönchsgesänge imitieren
- Alter: Unklar (etwa so wie Mama)
- Herkunft: Yogakurs

ERKENNTNISSTAND:

Entspricht Mamas Kriterien zu 150%
Hält sich für sehr einfühlsam, sensibel, umsichtig, BEWEIST ABER JEDEN TAG DAS GEGENTEIL.

SUBJEKT 3: JANNI

- 11 Jahre alt
- Bruder

ERKENNTNISSTAND:

Es ist kompliziert.
Ist derzeit etwas aus dem Blickfeld geraten. Wir sehen uns kaum noch 😐

Mein Problem: der Michi. In Kombination mit Mama, die meint: »Jannis Zimmer ist das größte. Ihr könnt jeder eure eigene Ecke haben. Ihr macht es euch einfach richtig gemütlich zusammen, hm?«

Na klar, ich, ein fast dreizehnjähriges Mädchen, kurz vor erwachsen, die letzten Jahre in mütterlicher Obhut, erste große Liebe in greifbarer Nähe, Brüste noch nicht, aber lange kann das auch nicht mehr dauern – wofür sollte jemand wie ich ein eigenes Zimmer brauchen? Ist doch kein Problem, klar ziehe ich bei meinem kleinen Bruder ein, den ich zwar liebe, der aber vor Kurzem angefangen hat, zu müffeln und langweilig zu werden. Mit Vergnügen, gern geschehen, brauchst mich nur zu bitten, da mach ich doch gerne Platz für den Michi.

»Ich bitte dich, Lucie, okay? Er braucht einen Platz, um ungestört arbeiten zu können, verstehst du?«

Wenn Eltern ihre Kinder bitten, ist das ja sowieso ein schlechter Scherz. Absolut nicht ernst zu nehmen. Sie könnten auch sagen: »Du hast keine Wahl, Kind, mach oder stirb.« Aber Bitten hört sich so viel netter an.

Der Michi ist ja schon jetzt fast ständig hier. Liedchen auf den Lippen, Grinsen im Gesicht, Tässchen grüner Tee in der Hand. Seit Mama mit ihm zusammen ist, wird die Wohnung ständig auf 30 Grad geheizt (müffelt Janni deswegen?), und während wir alle rote Köpfe und keine Luft kriegen, rennt der Michi in Norwegerpulli und Schlabberhose rum, darunter mindestens drei Lagen Skiunterwäsche. Macht total Sinn, meint er, weil erstens: »Wolle ist total temperaturregulierend und nie zu warm.« Und zweitens: »Wärme ist Liebe, und Liebe will ertragen sein.« Örks!

4

Deswegen bin ich jetzt hier. Vor dieser Tür. Und natürlich weiß ich, was der Albtraum aller Eltern ist: Mädchen geht in Wohnung von fremdem Mann, und niemand weiß davon. Aber ich weiß auch, was viel gefährlicher ist als der fremde Mann. Der Michi. Also statistisch gesehen. Der neue Freund der Mutter ist der gefährlichste Mann für ein Mädchen wie mich, hat Bernie immer gesagt. Und da ich den zur Not mit einem Schulterwurf aushebeln könnte, habe ich auch jetzt keine Angst. Ich notiere:

FORSCHUNGSSUBJEKT 4: HERR KLINGE

Alter unbekannt (vermutlich alt)
Fitnesslevel hoch (vermutlich wegen Hund)
Lieblingsfarbe grün (vermutlich Stammkunde im Outdoorladen)

Erkenntnisstand:

- Hat was gegen Mädchen

Weitere Hinweise auf Unvollständigkeit der Latten am Zaun:

- unfreundlich ohne Ende
- verkleidet ohne Grund

Mir egal. Ich mache einen Schritt in die Wohnung und gucke dabei auf mein Handy. 15:04 Uhr. Die Zeit läuft. Die Kasse klingelt.

»Mein Name ist Lucie, Lucie Schmurrer. Und wissen Sie, ich habe mir schon immer einen Hund gewünscht«, lüge ich in den Flur hinein. »Ich meine, ich weiß, es ist natürlich Ihr Hund, aber meine Mutter hat gesagt, wenn ich meine Arbeit bei Ihnen gut mache, Verantwortung übernehme und so, dann kann ich vielleicht auch einen haben.«

Keine Ahnung, wie viele Leute den Aushang gesehen haben, bevor ich ihn mitgenommen habe, aber der erste Eindruck zählt, und sicher ist sicher. Ich mach auf Hundemädchen, damit krieg ich den Job.

Herr Klinge antwortet nicht, während ich meine Schuhe ausziehe, also mache ich einfach weiter.

»Also, ich mag ja alle Hunde. Große Hunde, kleine Hunde, Hunde mit viel Fell und die mit diesen harten Borsten.« Ich wünschte, mir würden ein paar Hunde-Vokabeln einfallen.

»Hunde sind sooo süß. Wie heißt er denn eigentlich, der kleine Racker?«

Der Flur ist kurz und düster, der Förster ist verschwunden.

»Herr Klinge?«, rufe ich. »Hallo? Ich komme jetzt rein.«

Ich stelle mir kurz vor, wie der grüne Mann nackt hinter der nächsten Tür steht, oder – noch schlimmer – angezogen, aber an der gespannten Leine ein zähnefletschendes Ungetüm. Deswegen vielleicht die Ausstattung! Der Helm, das Seil und in den Taschen betäubende Hundekekse, falls die Kampftöle mal wieder durchdreht. Ach du Scheiße, deswegen die völlig übertriebenen 20 Euro pro Stunde, weil man eine dreijährige Ausbildung bräuchte, um mit diesem Biest klarzukommen! Wenn ich's mir genau überlege: Jeder normale Hund hätte mich doch schon längst schwanzwedelnd in Empfang genommen und mir aufdringlich am Hintern geschnuppert, während ich meine Turnschuhe aufschnüre.

Ich hebe die Nase. Rieche weder Rottweilerspeichel noch Schäferhundpups. Nur Staub und alte Kamille. Trotzdem probe ich im Hirn meine Flucht: Schuhe wieder an, durch die Wohnungstür, Treppen runter, aus dem Haus, draußen Sonnenschein, Erleichterung, aber auch: kein Hund = kein Geld = keine Bernie. Dafür Michi. Forever. Unmöglich.

Ich betrete das Zimmer am Ende des Flurs. Links in der Ecke eine Tür.

Von rechts schnellt die froschzungenartige Hand hervor und hält mir ein Stück Papier hin – gelblich, zerknittert. Irgendwie ist hier drin alles übertrieben alt. Nicht nur der Mann.

»Schreib.«

Ein Tintenfass und eine Feder.

»Pfffft. Das ist doch nicht Ihr –«

»Los!«

»Okay, okay, ich mach ja schon.«

»Kochen für Killer!« Er schreibt die Worte in großen geschwungenen Buchstaben über unsere Köpfe. Es ist, als wäre sein Zeigefinger eine Wunderkerze, sie leuchten kurz auf.

Killer. Ich hatte also recht, das Tier ist ein Ungetüm. Oder der Mann? Hat er vor, mich gleich durch den Fleischwolf zu drehen?

Klinge plappert los. »Zwei Kilo Troomatten. 250 Gramm Zweibeln, ein Esslöffel –«

»Was? Wo ist der Hund?«

Herr Klinge schließt die Augen, so wie es Leute manchmal machen, wenn sie ihrem Gegenüber zeigen wollen, dass es gerade mit offenen Augen nicht zu ertragen ist. Er atmet dreimal tief durch, als wäre ich die Nicht-Dichte von uns beiden.

Dieser Mann ist nicht normal. Diese Wohnung ist nicht normal. Hier gibt es nichts, was normalerweise in jeder Wohnung steht. Kein Sofa, Tisch, Stuhl, Bücherregal, Kleiderschrank. Komisch, wie gleich es in den allermeisten Wohnungen aussieht und wie verdächtig, wenn es dann mal anders ist.

»Wo ist Ihr Hund?«, frage ich noch mal.

»Tot. Schreib –«

»Tot? Ihr Hund ist tot? Aber ich bin hier, weil ... der Aushang!«

»Der Hund, der Hund! Vergiss den Hund, Mädchen! Kannst du nicht schreiben, oder was?«

»Doch, aber –«

»Gut. Auftragsänderung: Ich diktiere, du schreibst. Jedes Wort! Und: Stillschweigen! Diese Situation ist topsecret! Es gibt Menschen, die würden dich ohne mit der Wimper zu klimpern auf links drehen, um an mich ranzukommen! Und das meine ich nicht im übertragenen Sinn! Mein Gehirn ist aus Gold, mein Wissen scheißt Dukaten, alle wollen Klinge, niemand kriegt ihn! Verstanden, Mädchen?«

»Ehrlich gesagt, noch nicht so ganz.«

SWOOSH, er reißt mir den Schreibkram aus der Hand, stürmt in den Flur. »Ich wusste es! Langsam im Hirn, schlaff im Bizeps. Zu nichts zu gebrauchen! Gar nichts! Raus! Du bist entlassen, Mädchen!«

»Was? Nein!« Ich renne ihm hinterher. »Das geht nicht, ich brauch den Job. Ich versteh schon. Sie diktieren, ich schreibe. Kein Hund, kein Problem!«

Er steht an der offenen Wohnungstür, bereit, mich rauszuschieben.

»Geben Sie her.« Ich reiße ihm das Stück Papier aus der Hand, denke kurz: verdammt, zu forsch, und schreibe: *2 kg Tomaten, 250 g Zwiebeln*. Ich setze kurz ab und nicke Herrn Klinge ernst zu. Ein zufriedenes Grinsen weht über sein Gesicht. Er nickt stumm. Dann schließt er die Tür hinter sich und geht zurück in das Zimmer, das in einer normalen Wohnung das Wohnzimmer wäre. Puh.

Hier: riesige Stapel Töpfe und Pfannen bis hoch unter die Decke, in der Mitte des Zimmers mehrere Campingkocher, Gasflaschen

und an den Wänden überdimensionale Suppenkellen, getrocknete Blumensträuße und zusammengeschrumpelte Blätter – Kräuter vielleicht. Neben den Töpfen und Pfannen türmen sich unendlich viele Gläser in allen Größen und Formen. Darin Eingemachtes. Trübe Flüssigkeiten und dicke Eintöpfe, Kompott, Suppe – alles in Mengen, die den alten Mann mit den nackten Füßen jahrelang satt machen würden. Das Merkwürdigste sind die Gläser, in denen bloß ein einzelnes Gemüse schwimmt wie Hirn in Formaldehyd. Kleine Gläser mit jeweils einer Tomate. Einem Stück ... Rhabarber? Einer Kartoffel. In einem eine klitzekleine grüne Kugel – eine Erbse? Im Hintergrund eine gigantische Fensterfront mit Blick über die Stadt, in der hinteren Ecke die Tür – dahinter kann ich mir inzwischen alles vorstellen. Ein versteckter Zugang zu einem Netz aus Geheimgängen unter der Stadt? Eine Halle voller Gold und Diamanten? Eine Kletterwand? Oder noch mehr Gemüsevorräte?

»Was ist das alles?« Ich will nach dem Erbsengläschen greifen.

»FINGER WEG!«, pampt Klinge mich von der Seite an, der Turm, auf dem das Erbsenglas steht, wackelt bedrohlich. Aber vor allem: Wie ist er so schnell neben mich gekommen? Ich fühle seinen Sprechatem im Ohr, drehe meine Nase minimal in seine Richtung. Stein. Dann schnuppert er kurz.

»Ey –«

»Regel Nummer – wo waren wir? Egal. Regel: Finger weg! Von allem. Du hast ja keine Ahnung, was du da vor dir hast, Mädchen. Diese Kräfte, diese ... ach, vergiss es. Ihr Kinder mit euren klitzekleinen Kinderleben. Stolpert mit euren kurzen dicken Stampfern in der Welt herum und wollt alles anfassen. Aber nicht hier! Nicht mit Klinge! Hier wird mit den Augen geguckt und nicht mit den kleinen Patschehändchen, klar so weit? Hier werden die Lauscher aufgesperrt und jedes Wort aufgeschrieben. Verstehst du das, du Laus?«

Ich nicke. Hat er gerade an mir gerochen?

Irgendwie mag ich ihn. Alles ist ein bisschen Drama. Tausendmal besser als Zeitungen austragen. Und vielleicht sogar besser als Gassi gehen. Nur dass er mich nicht Lucie nennt. Mädchen. Pfft, als wäre meine Scheide wichtiger als mein Name. Uärgh, Scheide. Was für ein Wort.

»Also, schreib, Mädchen! Dafür wirst du bezahlt. Vier, fünf Hände frischer Errrpsen.«

»Erbsen?«

»Sag ich doch.«

Ich notiere:

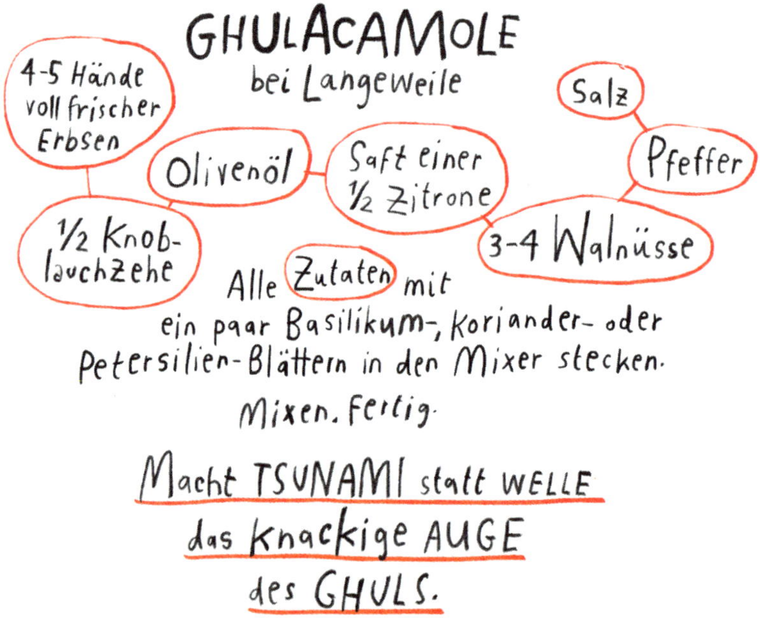

Ich setze die Feder kurz ab. *Errrpsen. Aalivenoil. Zeitronie.* Was stimmt nicht mit ihm?

»Und warum –«

»Zwei Euro, wenn du die Klappe hältst!«

»Die Stunde?«

»Von mir aus, du gierige Schabe! Weiter jetzt.«

HEARTCHUP – Ein Liebestrank

ZUTATEN:

2 kg reife TOMATEN
250 g Zwiebeln
1 Esslöffel Salz
100 g Zucker
4 Esslöffel Essig
1 Teelöffel weißer Pfeffer (gemahlen)
1 Teelöffel Senfkörner (gemahlen)
½ Teelöffel Piment (gemahlen)
½ Teelöffel Ingwer (gemahlen)

Die TOMATEN klein schneiden und den Stielansatz entfernen. Die ZWIEBELN abziehen und fein hacken, dann alle Zutaten zusammen in einen großen Topf geben und 45 Minuten ohne Deckel köcheln lassen. In der Zwischenzeit: Lippen schürzen, Augenaufschlag üben und zwischendurch immer mal umrühren.

Streiche die Masse, die nach 45 Minuten übrig ist, durch ein feines Sieb und gib das, was unten herausgekommen ist, wieder in den Topf.

Lass es dann noch mal ohne Deckel kochen, bis es so dick ist, wie du es haben willst. Abfüllen in mit kochendem Wasser gespülte Flaschen – fertig.

Hier wohnt alle KRAFT
das große GEFÜHL
im
DRACHENHERZ.

»Hast du alles?«

»Ja, alles notiert.«

»Haargenau?«

»Ja. So, wie Sie 's mir diktiert haben.«

Also ohne den Sprachfehler.

»Gut. Is nämlich so: Wenn man sich nicht haargenau an das Rezept hält, kriegt man stinkende Ohren, 'ne Zerrung in der Wade oder Herpes davon.«

Ich nicke langsam. Alles klar. Herpes von Erbsen.

»Ein Kochbuch also. Super! Ich liebe Kochen«, sage ich.

Keine Reaktion. Einundzwanzig, zweiundzwanzig, dreiund–

»Wuahahahahahahaaaaa! Kochbuch! So was Lächerliches! Du hast ja keine Ahnung, Mädchen! Ich halte fest, ich archiviere, ich schmiede den Schlüssel für das Tor zur Torheit, den Dietrich zu dem Buch mit den sieben Siegeln! Das wird ein Manifest der Möglichkeiten!«, sagt er nicht – er brüllt es. »Kochbuch – pffft.«

»Hä, Torheit? Also Dummheit? Wer will denn einen Schlüssel für das Tor zur Dummheit haben?«

Klinge klatscht seine großen Pranken direkt vor meinen Augen zusammen und schnauft: »Wer nicht?«

»Na ja, ich meine nur, Dummheit, das will doch kein Mensch. Und wenn es ein Tor gibt –«

»Um hinter dir abzuschließen, natürlich! Dummheit drin, Tor zu, du draußen!«

Ich muss zugeben, das macht fast Sinn. Allerdings werde ich das Gefühl nicht los, dass ich es hier mit einem waschechten Psycho zu tun habe.

»Geh nach Hause, Mädchen, ich bin müde.«

Ich gucke auf die Uhr. 16:17 Uhr. Gerade mal 'ne Stunde!

»Also, was mich noch interessieren würde, und die Leser sicherlich auch, wäre –«

»Die Leserin.«

»Äh, ja, meine ich, die Leserinnen und Leser –«

SWOOSH, Klinge steht vor mir, seine Nase berührt meine, sein Blick sticht mir in die Augen, es sieht aus, als würde seine Iris in Flammen stehen. Ich muss kurz blinzeln. Wie macht er das?

»Mädchen, dieses Buch wird allerhöchstens *eine* Leserin haben, ist das klar? Und jetzt raus. Komm morgen wieder, uns bleibt nicht viel Zeit.« Er packt mich an der Schulter, dreht mich Richtung Flur und schiebt.

»Und, was ich noch fragen wollte, also, das mit dem Liebestrank –«

»Klappe halten, geht dich nichts an – wie heißt du überhaupt?«

Klar, hab ich ja noch nicht dreimal gesagt.

»Lucie. Schmurrer.«

Er stockt, guckt, als hätte ich ihn mit einem sehr schlechten Witz beleidigt.

»Das ist mein Name. So heiße ich.«

»TZZZZ! Das ist nicht dein Name, Mädchen. Guck dich doch mal an!«

»Hä? Na klar!«

»Absolut nein. Und Tür einfach zuziehen.« Er dreht sich um und geht.

Draußen fasse ich mir an die Schulter. Die Stelle, an der er mich berührt hat, um mich aus der Tür zu schieben, ist ganz warm.

5

Ich hab mal so einen Beitrag im Radio gehört. Über Leute mit richtig heftigem Psychoknacks. Die bauen sich aus dem unglaublichsten Zeug ihre eigene Welt zusammen und leben dann darin. Meistens, weil sie die normale Welt irgendwie nicht ertragen – weil ihnen alles zu viel ist, zu schnell, zu traurig vielleicht auch. Keine Ahnung, was es bei Klinge ist.

Manchmal sehe ich im Supermarkt eine Frau, die geht auch immer barfuß und hat eine Unmenge Haarklammern in der Frisur verteilt. Ich schätze nicht, dass sie sich in den letzten zwei Jahren jemals die Füße gewaschen oder die Haare gebürstet hat. Sie braucht unendlich viel Zeit zum Einkaufen, weil sie, bevor sie sich zum Beispiel für ein Müsli entscheidet, jedes andere einmal berührt haben muss. Und ich wette, in ihrer Welt macht das total Sinn. Niemand sonst versteht ihr System, aber das heißt nicht, dass es keins gibt.

Ich schätze, Klinge kann einfach nicht schreiben. Als er ein Kind war, gab's da schon Schulpflicht? Wie alt ist er? Meine Oma hat erst mit 65 schwimmen gelernt, kann doch sein, dass er nie schreiben gelernt hat. Und wer weiß, wahrscheinlich hat er viele Jahre seines Lebens betäubt in irgendeiner Klapse verbracht. Im Grunde ist es mir auch egal, ich meine: 20 Euro die Stunde. 22 sogar fürs Klappehalten! Er hat anscheinend keine Ahnung, was ein normaler Stundenlohn für eine fast Dreizehnjährige ist. Von mir aus. Ich bin jetzt Ghostwriterin für einen Verrückten. Und das ist besser als alles, was ich ansonsten über mein Leben sagen kann.

Was ich trotzdem gerne wüsste:

Warum verknotet sich bei Gemüse seine Zunge?

Was sollen diese merkwürdigen Gedichte?

Hat er wirklich an mir geschnuppert?

Ist wirklich jemand hinter ihm her, und wenn ja, wer?

Was hat Klinge gegen meinen Namen?

Und wie macht er das mit dem SWOOSH?

Außerdem: Ich habe noch nie jemanden getroffen, der nach Stein riecht.

Ich trainiere meine Geruchsrezeptoren als Back-up. Praktisch, weil das kann man immer und überall, und man wird immer besser im Riechen. Und falls das mit dem Anthropologin/Biologin-Plan nicht klappen sollte, habe ich noch was in der Hinterhand: Schokoladenverkosterin zum Beispiel. Ich habe mal von einer Frau gelesen, die von Geburt an doppelt so viele Geruchsrezeptoren hatte wie normal. Die ist eine gefragte Frau. Nur ihr Mann hat einen Waschzwang entwickelt.

6

Vielleicht weil Bernie eine Frau ist, hat keins von Mamas Auswahlkriterien bei ihr gegriffen. Als Bernie bei uns gewohnt hat, war die Wohnung voller Gefühle. Aber echte. Nicht irgendwelche Postkartengefühle. Mit Bernie hat Mama viel geweint. Und gelacht. Wenn Bernie morgens zu gut gelaunt aufgewacht ist und vor dem Spiegel peinlich und nackt Macarena getanzt hat, oder wenn sie Fake-Französisch gesprochen hat, zum Beispiel.

»Kommon sawa, ma schärie märcrödi?« oder »Lö kammombär, sc la cöör de mon bonnör!«

Echte Tränen, wildes Geschrei, lautes Lachen. Irgendwie haben die beiden nichts anderes gemacht, als zu fühlen.

Bernie hat mir das Gender-Gap erklärt, als ich in der vierten Klasse war, den Nahostkonflikt, Big Data, Transhumanismus und die Simulationstheorie sowieso. Mit ihr war jedes Wochenende Stadt-Safari und mindestens einmal die Woche Zelten im Wohnzimmer. Wir haben Feuer auf dem Balkon gemacht, bis die Nachbarn sich beschwert haben und wir in den Park umgezogen sind. Wir haben Silberfische im Badezimmer gezüchtet. Für Bernie waren Janni und ich eindeutig überdurchschnittlich intelligent, und jeder, der das bezweifelt hat, hat ihren Zorn zu spüren bekommen. »Durchschitt? Dass ich nicht lache!«, hat sie dann durch die Ergo-Praxis geschrien und Jannis ADHS-Testbericht in der Luft zerrissen. Wenn ich wollte, durfte ich Bernies T-Shirts als Kleider zur Schule anziehen. Sie war auf unserer Seite. Immer. Alles, was ich über Musik und Kochen weiß, weiß ich von ihr. Bernie schämt sich nie. Bernie hat die kleinste Nase, die ich je gesehen habe, und riecht wunderbar nach Zimt und Wolle. Bernie ist merkwürdig. Kein Mensch kann sie je vergessen.

Und dann ist sie nach Berlin gezogen. Und jetzt komme ich.

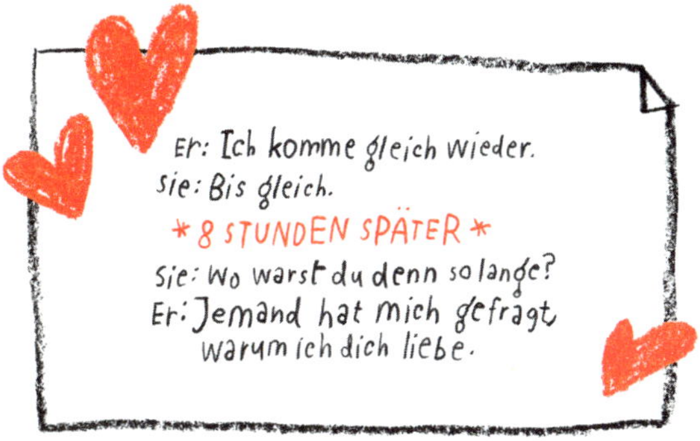

7

Diese Blicke. Der Michi, wie er es kaum erwarten kann, Mamas Reaktion zu sehen. Wie er in seinem Kopf die ganze Zeit sagt: *Ich bin so liebevoll. Was bin ich doch für ein liebevoller Mensch. Was für ein Glück, dass es mich gibt.* Und Mamas Blick auf den Zettel. Neugierig, aufgeregt, als könnte sie es gar nicht erwarten zu sehen, was er ihr dieses Mal neben den Teller gelegt hat, und dann: wahnsinnig gerührt von so viel Gefühl. Und ich, wie ich hoffe, dass sie ihm diese ganzen Gefühle nur vorspielt.

Wenn der Michi bei uns schläft, macht er uns jeden Tag ein bisschen »Liebe« zum Frühstück. Ein Zettel mit einem wahnsinnig persönlichen, tausendmal aus dem Internet kopierten, echt richtig tiefgründigen Spruch, der total zum Nachdenken anregt – was wir ja sonst alle kaum machen. Danke, Michi.

»Ich möchte euch einfach etwas mitgeben für den Tag, Leute. Liebe to go sozusagen!« Ganz knapp nur klopft er sich für diesen astreinen Spruch nicht selbst auf die Schulter und lacht sein eseliges Lachen.

»Liebe to go«, wiehert er und haut mir auf den Rücken, »verstehste?«

Nee, erklär doch noch mal.

Übrigens: nichts gegen Esel. Ich mag Esel, sie machen, was sie wollen. Nur eben nicht die schönsten Geräusche.

Liebe to go – als ob. Als ob irgendjemand diesen Papierfetzen mit

Emo-Spruch aufheben würde. Sogar Mama hat ihn nach dem dritten Morgen mit den Krümeln in den Mülleimer gefegt. Sie dachte, niemand merkt's, aber ich hab's gesehen und mich gefreut. Überhaupt: Liebe. Michis Liebe ist schleimiger grauer Kleister, mit dem er die ganze Wohnung einstreicht. Immer trägt er seinen Liebeskleister in einem Eimer mit sich rum, und wenn man nicht aufpasst, klatscht er einem zwei Hände voll ins Gesicht und reibt einen von oben bis unten damit ein, bis man dasteht, feucht, tropfend und glibberig, und sich kaum noch bewegen kann.

Die Wohnzimmerpflanze geht ein? »Die Monstera braucht ein bisschen Liebe.« – BATSCH! Nimm das, Monstera.

Das Mittagessen schmeckt? »Mit Liebe gekocht!« – zwei dicke Löffel Kleister drin.

Mama verkriecht sich und will niemanden sehen? »Deine Mutter muss sich mit ihrer inneren Quelle der Liebe verbinden.«

Er überzieht alles mit einer Schicht »Liebe« und denkt, er macht die Welt damit zu einem besseren Ort. Dabei macht er das Gegenteil. Er macht Gold zu Scheiße. Er zerrt die Liebe hierhin und dorthin, er benutzt sie da, wo sie gar nichts zu suchen hat. Er schubst sie rum und nimmt ihr jedes Funkeln. Weil mit Wörtern ist es wie mit Musik. Manchmal gibt es Lieder, die sind unfassbar gut. Lieder, die einen lähmen oder zwingen zu tanzen. Lieder, von denen man *immer* weinen muss, obwohl man den Text nicht versteht. Lieder, die einen wegschießen, die die Ohren wachsen lassen, ins Blut gehen und durch den ganzen Körper fließen. Lieder, die nicht auszuhalten sind, so gut sind sie. Wenn man sie gefunden hat, muss man sie hüten wie einen Schatz. Das heißt:

Wenn man diese Regeln missachtet, missachtet man nicht nur das Lied, man zerstört es. Und so ist das auch mit Wörtern. Der Michi hat die Liebe zerstört.

»Hier, liebe Lucie. Nur für dich. Ich denke, das passt ganz gut.«

Ich. Muss. Brechen. Dieses Zettel-ans-Herz-Drücken, bevor er ihn mir übergibt. Dieser Stolz in seinen Augen.

»Ach Mönsch, das ist ja lieb«, sage ich und zerknülle den Zettel.

Der Michi guckt wie ein Labrador, der gerade eine Plastikente apportiert hat. Gleich fängt er an zu hecheln.

»Du bist so inspirierend. Hmmm«, ich gucke nachdenklich. »Weißt du, was auch inspirierend wäre, Michael?«

Der Labrador schüttelt aufgeregt den Kopf.

»Wenn du, lieber Michael, jetzt nach Hause gehst. Wenn du deine Sachen packst und nie, nie wiederkommst, sodass wir hier in Ruhe frühstücken können und nicht jeden Tag dankbar tun müssen, weil du wieder mal einen ausgelutschten, breitgetretenen, pseudophilosophischen Spruch aus dem Internet abgeschrieben hast. Hm?«

Die Hundeaugen füllen sich mit Wasser, laufen über, die Tränen kullern nur so runter, der Michi schluchzt, fängt aber an, seine Lavalampe in die Jutetasche zu stopfen. Und meine Mama hält ihn nicht auf, sie lässt ihn gehen, guckt mich an und formt stumm mit ihren Lippen: *Danke*.

Jemand berührt mich an der Schulter. Es knackt in meinem Gehirn.

»Lucie? Träumst du?« Michi lacht.

Mein Blick klebt irgendwo zwischen hier und jetzt, und als er sich löst, sehe ich wieder klar. Keine Träne weit und breit.

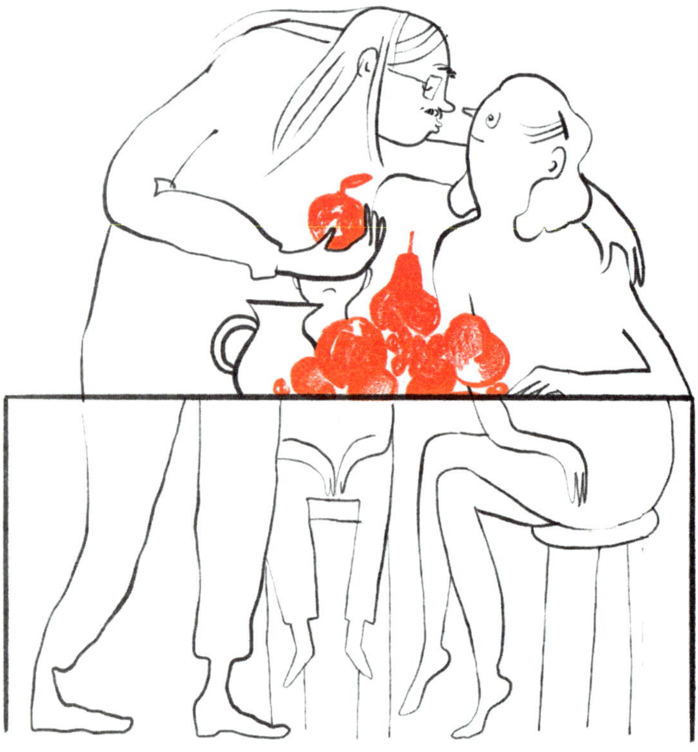

»Äh, ja. Danke«, sage ich und stecke den Zettel ein.

Janni sitzt auf der anderen Seite des Tisches und hat seinen ganz persönlichen Tagesspruch wie einen Fingerhut über die Zeigefingerspitze gelegt. Er bohrt sich damit in der Nase. Er ist elfeinhalb und nach mir der normalste Mensch im Raum.

Bernie weiß noch nichts. Aber sie wird mich nicht wegschicken, wenn ich vor ihrer Tür stehe. Von wegen Überraschungseffekt. Ich sage ihr nichts, sonst würde sie bestimmt versuchen, mich zu überreden, bei Mama zu bleiben. Obwohl sie mich vielleicht ja auch vermisst.

8

»Reinkommen«, grummelt Klinge, und sein Kopf, den er aus der Tür gestreckt hatte, um drei Sekunden nach links, drei Sekunden nach rechts und keine Sekunde mich anzugucken, verschwindet wieder im Dunkel seiner Wohnung.

»Freut mich auch, Sie zu sehen«, murmele ich.

»Weißt du ihn?« Klinge geht den Flur hinunter.

»Was?«

»Hast du zumindest drüber nachgedacht? Wie du heißt?«

»Lucie. Ich heiß Lucie, noch immer.« Ich stelle meine Schuhe ab und gehe ihm hinterher.

»Pah! Nur Idioten behalten den Namen, den irgendwelche Leute sich ausgedacht haben«, raunzt es aus dem Wohnzimmer.

»Na ja, also bei mir war es meine Mutter und nicht irgendwelche –«

»Ein Name ist eine Kette, die dir nach der Geburt angelegt wird, damit du dich nur und ausschließlich in dem Radius bewegen kannst, den diese Kette zulässt, Mädchen! Minimal länger als die Nabelschnur, an der du gerade noch hingst. Das bist nicht du. Spreng die Kette! Finde deinen eigenen Namen! Wenn du das nicht verstehst, kann ich dir auch nicht helfen. Also. Wo war ich?«

Der Typ. Von mir aus soll er sich irgendein Universum mit seinen eigenen Regeln ausdenken und darin leben. Von mir aus schreibe ich auch den letzten Schwachsinn für ihn auf, aber er soll nicht so tun, als wüsste er irgendwas über mich.

Ich gucke auf die Uhr. 20 Euro die Stunde heißt, alle drei Minuten ein Euro. Der Gedanke beruhigt mich.

Es läuft wie gestern, abgegriffenes Papier, Tintenfass und Feder. Setzen. Diktat.

RÖSTI des Lebens/Sterbens

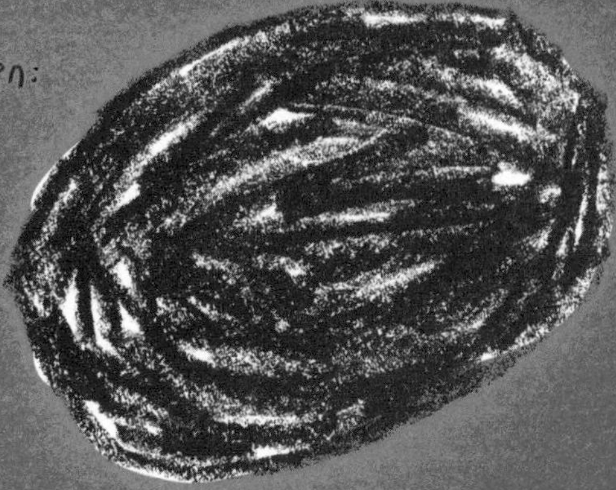

Zutaten für 4 Personen:

1 kg Kartoffeln
2 Zwiebeln
1 Ei
2 Esslöffel Mehl
Salz & Pfeffer

Kartoffeln & Zwiebeln raspeln, dick oder dünn, wie du magst. Dann vermischst du alle Zutaten und brätst die Masse von beiden Seiten in Butter oder Öl. Zwei Möglichkeiten:

A) EIN GROßES, DICKES RÖSTI
B) VIELE KLEINE DÜNNE

Auf jeden Fall braten, bis es schön braun ist, und nur einmal wenden. Wenn du mit einem Deckel auf der Pfanne brätst, wird auch das Innere gut gar. Achte auf den Geruch, man kann riechen, wann es Zeit ist, das Rösti zu wenden.

Dazu schmeckt SAURE SAHNE gut.
Mit oder ohne SCHNITTLAUCH, PETERSILIE & FRÜHLINGSZWIEBELN.

Oder APFELMUS. Also statt der sauren Sahne & dem Grünzeug.

DU KANNST DICH ENTSCHEIDEN:
LEBEN und TOD
sind dein.

»Wie riecht es denn?«, frage ich.

»Was denn?«

»Na, das Rösti, wenn es fertig ist?«

»Goldbraun, saftig, gut gesalzen und warm.«

»Aaah ja.«

»Und wegen diesem ... Getränk.«

»Ja?«

»Wie hieß es noch gleich?«

»Meinen Sie meinen Smoothie?«

»Smuuusie«, sagt Klinge, und es scheint, als würde er sich das Wort auf der Zunge zergehen lassen.

»Wie auch immer!«, sagt er abrupt. »Dank meiner außergewöhnlich sensiblen Geschmacksknospen, mit denen ich allen anderen Menschen evolutionär einen Schritt voraus bin, konnte ich selbstverständlich jede Zutat herausschmecken. Hauptzutat war ...«

Er guckt mich an, als würde er mich hypnotisieren. Seine Iris changiert von Blau über Lila nach Rot und wieder zurück. Es würde mich nicht wundern, wenn auf einmal zwei sich drehende Spiralen in seinen Augen auftauchen würden.

»Banane?«, sage ich.

»Natürlich. *Brananar.* Zweitens ...« Sein starrer Blick ruht auf mir.

»Birne?«

»Richtig! Bestanden! Und als Flüssigkeit durfte nicht fehlen ...« Er zieht die Augenbrauen nach oben, sein Blick ein Stechen.

»Mandelmilch?«

»Nicht Kakusmilch, nicht Kohmilch, nein! Mrandelmilch!«, sagt Klinge, als hätte er gerade selber diese kulinarisch hochinteressante Idee gehabt.

»Außerdem etwas Gurke«, sage ich und versuche mir nicht anmerken zu lassen, dass es mich ein kleines bisschen stolz macht, dass mein Rezept Teil seines Buches wird. »Und am Schluss ein Schuss Honig.«

»Versteht sich«, sagt Klinge in geschäftsmäßigem Ton. »Aber eine Frage habe ich noch, Mädchen.«

»Ja?«

Er kommt ganz nah, guckt verschwörerisch und sagt mit leiser Stimme: »Woher hattest du die Nixenhirne? Die waren ja exquisit!« Plötzlich kichert er wie eine Vierzehnjährige beim Tanzkurs. (Nicht dass ich schon mal einen gemacht hätte.)

»Nixen-*was*?«

»Hast du gar nicht –?«

Ich habe Klinge noch nie nach Worten suchen sehen, passt gar nicht zu ihm.

»Was habe ich nicht?«, frage ich.

Aber der Moment, in dem wir anscheinend etwas gemeinsam hatten, ist vorbei. Klinge dreht sich um und blökt:

»Ahnung! Ahnung hast du nicht. So, Mädchen, war schön mit dir oder so. Das ist zu viel, aber ich hab's nicht kleiner.« Er reißt mir das Blatt Papier weg und drückt mir stattdessen einen 50-Euro-Schein in die Hand.

»Aufstehen, rausgehen, das war's, komm nie wieder, vergiss mich, tschüss.«

Wahrscheinlich stehe ich unter Schock, aber ich tue, was er sagt, stehe auf, und so kann er mich schon wieder an der Schulter packen und durch den Flur Richtung Ausgang manövrieren. Mein Körper macht einfach mit, null Widerstand. Draußen brennt meine Schulter.

»Ah, fast vergessen.«

Meine Turnschuhe landen mit einem hallenden Klatschen im Treppenhaus. Klinges Tür fällt ins Schloss.

Ich starre auf meine linke Faust, in der der Schein klemmt. Das reicht nicht mal fürs Zugticket!

Ich drehe mich um, ruckele am Griff, der sich nicht bewegt, trommele gegen die Tür, die nicht aufgeht, linse durch den Spion, hinter dem sich niemand bewegt. »Ey! Herr Klinge! Das geht nicht! Das war ein langfristiges Arbeitsverhältnis!« Zumindest wenn es nach mir geht.

»So können Sie nicht mit Ihren Angestellten umgehen, klar?! Der Aushang war völlig anders formuliert! Menschen unter falschen Versprechungen für sich arbeiten lassen ist strafbar!« Genau. »Ich zeig Sie an!«

Gut, ich befinde mich auf relativ dünnem Eis, juristisch bin ich nicht gerade bewandert, aber er vielleicht auch nicht. Ich halte kurz inne, nur wenn man eine Drohung im Raum stehen lässt, kann sie sich entfalten.

»Außerdem bin ich minderjährig!«

Soweit ich weiß, hat das schon oft geholfen.

Ich lausche.

Nichts.

Keine Bewegung hinter der Tür, keine Gegenwehr.

»Klinge, Mann, ich brauch das Geld.« Ich jammere jetzt. »Ich ... muss zu Hause ausziehen, da gibt's Probleme. Meine Mutter hat mich rausgeschmissen, damit ihr Lover einziehen kann, sie sagt, ich bin jetzt fast dreizehn und muss auf eigenen Beinen stehen.«

Nichts. Herzloser alter Mann.

»Der Lover von meiner Mama ist ein böser, böser Mensch. Ein Tier. Er hasst mich. Wenn ich nicht vor nächstem Freitag ausgezogen bin, prügelt er mich aus der Wohnung, ganz sicher.«

Ich muss ein bisschen grinsen. Michi, der Lauch, kann noch nicht mal 'ne ordentliche Faust machen.

Hinter der Tür rührt sich nichts. Er hat mich über den Tisch gezogen. Hat mich mit 20 Euro die Stunde gelockt und setzt mich einfach auf die Straße, weil er mich nicht mehr braucht! Von mir aus, der Typ ist nicht ganz dicht, hab ich kein Problem mit, da red ich niemandem rein. Aber meine Pläne zählen auch! Ich bin ja zu einem Kompromiss bereit. Wenn ich die 437,50 Euro nicht zusammenbekomme, dann lass ich Kino halt erst mal weg. Macht knapp 400 Euro.

»Das war ja hochinteressant, was Sie mir da diktiert haben. Vielleicht sollten Sie darüber nachdenken, damit an die Öffentlichkeit zu gehen. Mit Ihrem Dietrich des Lebens.« Ich hab zwar keine Ahnung, warum seine Rezepte irgendwen interessieren sollten, aber immerhin hat er so geheimnisvoll getan, also vielleicht hab ich Glück. Ich rede lauter, meine Stimme hallt durchs Treppenhaus und garantiert in die eine oder andere Wohnung.

»Wie war das noch? Erbsen, Zwiebeln, Olivenöl? Und was waren das für Kräfte, von denen Sie gesprochen haben? Dieser Liebestrank, damit könnte man doch bestimmt reich werden, oder? Wie war das noch mal? Zwei Kilo Tomaten –«

SWOOSH, die Tür wird aufgerissen, und keine Sekunde später ist sie wieder zu. Nur stehe ich jetzt in Klinges Flur und er vor mir. Zwei *Millimeter* vor mir. Seine Augen stehen in Flammen.

»Du. Kleiner. Wurm. Du weißt nichts, gar nichts, und du meinst, du kannst hier einfach mit meinem hochsensiblen Wissen um dich schmeißen?«

»Ich will einfach –«

»Halt die Klappe! Ich lasse mir nicht von einer Made wie dir mein Leben verderben. Du lieferst mich nicht an die aus!«

Ich will nicken, aber ich glaube, gerade würde ihn jede Bewegung nur noch mehr aufregen.

»Wie viel?«

»Was meinen Sie, *wie viel?*«

»Wie viel Geld?«

»Äh, nein, ich –«

»LOS JETZT! Wie viel Geld willst du, damit du mich in Ruhe lässt, Wurm?«

»437,50.«

Klinge schnaubt, dreht sich um, verschwindet im großen Zimmer.

Ich habe zwei Sekunden, um mir nicht sicher zu sein, ob hier gerade etwas Gutes oder etwas ganz, ganz Schlechtes passiert.

»Hier. 450. Und wenn ich noch ein Wort von dir da draußen höre, dann blase ich dein Lichtlein aus.«

9

Auf dem Weg nach Hause glüht mein Gehirn. 500 Euro. In meiner Hand. Die Welt steht mir offen, ich könnte sofort los, nach Hause, Koffer packen, zum Bahnhof, Ticket kaufen und ab. So viel Geld hatte ich noch nie. Mein Herz schlägt laut und schnell. Komisches Gefühl, Organe sind ja eigentlich dafür gemacht, ihre Jobs völlig unauffällig zu erledigen. Ich bin ... durchgeschüttelt?

Ich denke an Bernie. Es ist ja so: Eine Sache, die man nach essen, laufen, sprechen und lesen im Leben lernen muss, ist leben. Ich meine, im Großen. Geld, Job, Heiraten – was wichtig ist auf der Welt und was egal. Worüber man redet und worüber nicht. Und man braucht jemanden, der einem das beibringt. Man lernt leben so nebenbei, aber man braucht jemanden, der es einem vormacht. Und Bernie kann das – gut leben.

Es gibt zwei Sorten von Erwachsenen: die mit und die ohne Kinder. Als Kind hat man automatisch den Nachteil, dass die eigenen Eltern immer zu Sorte eins gehören. Logisch. Von Erwachsenen mit Kindern gibt es wieder zwei Sorten: die überengagierten und die unterengagierten. Die einen haben Tränen der Rührung in den Augen, wenn Töchterchen beim Schulkonzert schiefe Töne in die Blockflöte spuckt, sind Elternsprecher und kennen die Lehrer mit Vornamen. Die anderen kriegen nicht mal mit, dass es ein Schulkonzert gibt, und vergessen die Geburtstage ihrer Kinder.

Was meine anthropologischen Studien bisher absolut eindeutig belegen: Wenn man nichts dagegen tut, wird man ziemlich haargenau so wie die eigenen Eltern. Die anderen aus meiner Klasse sind jetzt schon die humorlosen, sacklangweiligen, unvorstellbar uninteressanten Miniaturausgaben ihrer humorlosen, sacklangweiligen, unvorstellbar uninteressanten Eltern. Und deswegen sind Erwachsene, die keine Kinder haben, die besseren Menschen. Weil sie niemandem, der nicht darum gebeten hat, antun wollen, so zu werden wie sie selbst.

Es ist nicht nur wegen dem Michi. Ich weiß, meine Mama tut, was sie kann, und es stört mich nicht, dass sie noch nie auf einem Schulkonzert war. Aber ich muss was tun, damit ich nicht so werde wie sie. Auch deswegen ziehe ich zu Bernie.

Die Sache ist nur die – habe ich gerade wirklich 450 Euro erpresst?

10

Ich sitze auf meinem Bett, und der Geruch steigt in meine Nase. Geld. Die Scheine dünsten tausend verschwitzte Hände, feuchte Hosentaschen und den Mief von Hunderten Bankautomaten aus ganz Europa aus. Alles, was jemals damit bezahlt wurde, steigt mir in die Nase, bis sie brennt. Dabei habe ich sie versteckt, zwischen Heften und Schmierpapier in der untersten Schreibtischschublade, aber sie lassen sich nicht bändigen. Ich reiße das Fenster auf, aber der dicke Muff steht wie eine Wolke aus Vorwurf im Raum. Ich renne ins Badezimmer, es hat die einzige Tür in der Wohnung, die man abschließen kann. Hier bin ich gerne, vor allem seit der Michi ständig da ist. Hier kann ich denken.

Ist es okay, Geld zu erpressen, wenn es von einem nicht besonders netten Menschen kommt?

Wenn jemand einfach so 500 Euro zu Hause hat, bedeutet das, dass er reich ist und deswegen ruhig etwas abgeben kann?

Irgendwie war es ja auch Klinges Entscheidung. Ich habe ihn nicht wirklich gezwungen. Oder?

Wenn er wirklich verrückt ist (ziemlich sicher), heißt das, dass man ihn erpressen darf, weil es in seiner Welt andere Regeln gibt, oder gerade nicht, weil er krank ist?

Ist Verrücktheit eine echte Krankheit?

Ich hätte mindestens die 50 Euro abziehen müssen, die er mir schon gegeben hatte. Also zurückbringen?

Um mich abzulenken, greife ich nach Mamas Tamponpackung. Die Packungsbeilage kenne ich auswendig. Wenn ich irgendwann meine Tage kriege, weiß ich, was zu tun ist. Trotzdem falte ich sie noch mal auf.

Worüber keiner spricht, ist, dass man von Tampons sterben kann. Toxisches Schocksyndrom. Fieber, Schwindel, Ohnmacht, die Haut schält sich ab, die Organe versagen – und tot. Ich frage mich, ob ich dann immer, wenn ich meine Tage habe, jemandem Bescheid sagen muss, damit die Leute richtig reagieren, wenn ich Symptome kriege. Dann muss es nämlich schnell gehen, Krankenhaus und alles.

Es klopft. Jemand drückt die Klinke runter.

»Luuuziiie?«

Der Michi. Klar. Warum sollte ich auch länger als zehn Minuten meine Ruhe haben?

»Du, kannst du dich beeilen? Ich muss dringend kacken.«

11 Alles, was sich anhört wie ein Faustschlag oder der Name einer launischen Superheldin mit Geheimidentität, die völlig unberechenbar mal für die Guten und mal für die Bösen arbeitet, fänd ich gut.

Bernies eigentlicher Name ist Bernhardine. Ein Name kann alles sein: die Blüte am Baum, die Streusel auf dem Eis, die Krone auf dem Kopf. Er kann Türen öffnen und Komplimente schenken, er kann Leute anerkennend nicken oder ungläubig kichern lassen. Er kann immer wieder ein Bein stellen und dich lächerlich machen. Dein Name ist deine Achillesferse. Vielleicht hat Klinge recht: Die Verantwortung, Menschen einen Namen zu geben, ist viel zu groß, um Eltern das letzte Wort zu lassen.

Warum ich noch nicht nach Berlin kann, obwohl ich das Geld dafür hätte:

Kein gutes Gefühl dabei, mein neues Leben mit erpresstem Geld zu kaufen. (Heißt das, ich habe Michiritis?)

12

»Kennst du Lina aus der Achten, Lucie?«

Es ist so ungewohnt, dass Jessie meinen Namen sagt. Jessie. Girl Number One.

»Nö, glaub nich?«

»Die mit den Haaren«, sagt Julika.

»Und der –«, Leonie macht ein angewidertes Gesicht und wischt mit der Hand davor durch die Luft.

»Voll übel: Irgendjemand hat was darüber in der Klassengruppe gepostet, und einer hat es an die B weitergeleitet und da einer dann an die Film-AG und so weiter, und dann ist die drei Wochen nicht mehr zur Schule gekommen«, sagt GNO und guckt mich mit großen Augen an.

Die riesigen Glastüren öffnen sich für uns wie ein Vorhang. Die Bühne: der Supermarkt. Wir stolzieren rein. Drei Mädchen in sehr kurzen Hosen und ich. Im Gepäck: Badeanzug, Sonnencreme.

»Krass echt, drei Wochen!«, kreischt Leonie.

»Das war voll Mobbing!«, kreischt Julika.

Ich kreische nichts.

»Mann, Lucie – Lina, die, die sich nie die Haare wäscht«, versucht es Jessie noch mal. Die anderen lachen halblaut.

»Ach, die. Ja«, höre ich mich sagen.

»Voll fies jedenfalls.«

»Na ja, aber – ehrlich gesagt – warum wäscht man sich nicht einfach einmal am Tag die Haare? Wie normale Leute?«

»Oder drückt sich ab und zu die Pickel aus?«

»Uäääääh«, machen alle. Ich auch.

Ich kenne keine Lina. Ich überlege krampfhaft, ob sie sehen, dass ich meine Haare am Donnerstag das letzte Mal gewaschen habe.

Wir rauschen durch die Gänge, folgen einem Plan, den nur Jessie kennt.

»Heute keine Chips, ich darf echt nicht noch fetter werden!«, sagt sie und klatscht ihre Hand auf den Oberschenkel.

»Hä? Du bist voll nicht fett, Mann.«

»Echt nich, hör ma auf.«

Aber sie hört nicht auf. Sie bleibt stehen – wir auch – und dreht sich um, sodass sie ihren rausgestreckten Hintern von oben sehen kann.

»Doch, voll. Guckt doch mal hier!« Sie haut sich auf die Pobacken, zieht sie auseinander und wackelt mit der Hüfte. Es sieht ein bisschen aus wie ein Tanz, und ich kann nicht anders, als hinzustarren.

Es ist mir ein bisschen peinlich. Alles.

Wenn man uns so sieht, denkt man dann, ich würde dazugehören? Als Girl Number One mich gefragt hat, ob ich mit ins Freibad komme, hatte ich ein komisches Gefühl. Oder eher ein Knäuel aus unterschiedlichen Gefühlen: Endlich darf ich dabei sein – alle wollen dabei sein bei der Number-One-Gang. Eine ist schöner als die andere, sie wissen genau, wie man den Kopf hält, damit die Haare schimmern, wie man den Körper hält, damit man an den richtigen Stellen dünn aussieht, wie das perfekte Selfiegesicht geht. Sie bewegen sich, als hätten sie kein Gewicht, sie wissen immer, was zu sagen ist, und brauchen nur einander. Wer will da nicht dabei sein?

Um allen zu zeigen, dass sie nur einander brauchen, klatschen sie sich dauernd ab. Sie sind ein Team. Ihr Sport: Performen. Und warum fragt GNO auf einmal mich, ob ich dabei sein will? Bin ich der Freak, den man sich an die Seite stellt, damit man selber noch schöner aussieht?

»Boah, der mit Marzipangeschmack is voll lecker!«, brüllt Julika. Wir stehen vor den Joghurts mit 0,0 Prozent Fett. Soweit ich weiß, ist 0,0-Prozent-Fett-Joghurt eine Erfindung des Teufels, aber was weiß ich schon.

»Heute frag ich ihn wahrscheinlich«, sagt Jessie.

»Echt? Geil! Endlich, Jessie!« High Five. Ich auch.

»Der sagt auf jeden Fall Ja, guck dich doch mal an! Der is ja nich dumm!«

»Na ja, heute hab ich ihn echt lange angeguckt, hab voll gestarrt. Ich hoffe, das hat keiner gesehen, voll peinlich. Hat ewig gedauert, bis er auch mal geguckt hat.«

»Idiot«, sagt Julika.

»Ja, aber dann hat er echt süß gelächelt«, sagt Jessie, und allen kommen bei der Vorstellung rosa Herzen aus den Ohren. Kann aber auch 'ne optische Täuschung sein.

»Er ist so heiß!«, finden alle, Leonie spricht es aus.

Marvin.

Ich bin mir nicht sicher, ob ich seinen Namen großartig oder scheiße finde. Genau wie ihn. Und seine dunkelblonden Haare – ziemlich sicher das, was ich am wenigsten an ihm mag. Sie sind so ... glänzend. Und so fest. Sie sehen aus, als wären sie mit einer dünnen Schicht Leim überzogen, nichts bewegt sich, und manchmal sieht man so weißliche Krümel und Fäden dazwischen. Ein Batzen Haare hängt wie ein dicker Block vor seinem rechten Auge, man sieht es fast nie, nur wenn er seinen Kopf sehr schräg hält. Das ist aber das einzig wirklich Bescheuerte an ihm. Was ich gut finde:

1 Er geht in die Theater-AG. (würde ich auch, ist aber erst ab der Achten.)

2 ER KOMMT MANCHMAL ZU FUß ZUR SCHULE, OBWOHL ES VOLL WEIT IST. (keine Ahnung, warum.)

3 Er trägt NUR schwarze Klamotten. (Manchmal sieht's bescheuert aus, aber meistens supergut.)

4 Irgendwie glaube ich, er steht nicht auf Jessie. UND DAS IST DAS, WAS ICH AM MEISTEN AN IHM MAG.

Die anderen lachen über irgendwas. Ich lache zur Sicherheit mit. Leonie zeigt in eine Richtung, alle gucken, kriegen sich gar nicht mehr ein.

Als ich auch gucke, sehe ich einen alten Mann in der Gemüseabteilung. Irgendwas stimmt nicht mit ihm. Er trägt einen bodenlangen Fellmantel und diese schwarzen Gesundheitsschuhe mit der wahnsinnig dicken, halbmondförmigen Schaukelsohle. Er sieht aufgebracht aus, er schüttelt an den Leuten, die irritiert versuchen, ihre Zucchini in den Wagen zu legen. Er sieht albern aus, durchgedreht, wie er so durch die Gänge springt. Jetzt versucht er, den Leuten ihr Gemüse aus den Händen zu reißen.

»Der Opa hat sie nicht mehr alle!«, kreischt Leonie, und alle halten lachend die Hände hoch für ein High Five.

Als Leonies Hand klatschend in meine schlägt, fällt dem Mann seine Brille auf den Boden, und da erkenne ich ihn.

Es ist Klinge.

Ein großer, dicker Mann mit grüner Schürze kommt auf ihn zu.

»Jetzt wird er abgeholt!«, prustet Julika.

Klinge fuchtelt mit seinem Zeigefinger unter der Nase vom Schürzenmann herum. Die Brille, so ein Faschingsding mit extradicken Gläsern, das die Augen ganz klein macht, sitzt jetzt wieder schief in seinem Gesicht.

Schürzenmann ist ganz ruhig und zeigt auf den Ausgang, aber Klinge regt sich nur noch mehr auf. Als Schürzenmann ihm seine dicke Hand auf die Schulter legt, stampft Klinge ihm mit seinem massiven Schuh auf den Fuß.

Ich höre die Girls wie durch eine Wolkenwand hysterisch lachen.

»Ich … muss da mal hin«, murmele ich und beeile mich, zu Klinge zu kommen.

»Lucie? Was machst du da?«, ruft Julika hinter mir. »Lucie? Lass ihn doch! Kennst du den Tzücho? Dein Vater oder was?«

Die anderen kreischen vor Lachen.

Es ging erstaunlich gut, Klinge aus den Händen des Schürzenmannes zu befreien. Das mit dem eventuell gebrochenen Zeh hat er Klinge zum Glück nicht übel genommen. Ein netter Mann. Hat keinmal geschrien, einfach immer weiter in diesem ruhigen Ton mit Klinge geredet und mit mir auch.

Jetzt gehen Klinge und ich die Straße runter und reden kein Wort. Er ist erschöpft und eineinhalb Köpfe kleiner als sonst. Es ist fast, als hätte jemand beim Verlassen des Supermarktes die Luft aus ihm rausgelassen. Sein Körper ist in sich zusammengefallen, er stützt sich auf meiner Schulter ab – gut, dass er so wenig wiegt.

Wut macht müde, das weiß ich. Und ziemlich sicher fühlt er sich selber nicht so besonders nach dem Auftritt gerade eben.

»Kann ich eine Sache fragen?«

Ich weiß, dass die Frage Quatsch ist, weil wenn man das fragt, hat man ja schon eine Sache gefragt.

Er nickt stumm.

»Warum haben Sie sich so warm angezogen?«

»Tarnung«, sagt Klinge müde.

Ich muss kurz lachen. »Ehrlich gesagt – ich glaube, das hat nicht so gut geklappt. In den Supermarkt können Sie nie mehr gehen, da kennt Sie jetzt jeder. Vielleicht wird sogar ein Fahndungsfoto von Ihnen aufgehängt.«

Ich lache, weil das ein Scherz sein sollte, aber er steigt nicht drauf ein, und es tut mir sofort leid.

Klinge schaukelt stumm den Gehweg entlang.

»Ich meine ja nur. Ich glaube, Sie müssen ein bisschen vorsichtiger sein, wenn Sie echt verfolgt werden. Solche Aktionen machen die Leute misstrauisch, verstehen Sie?«

Er sieht traurig aus. Ich fühle mich besser, wenn er der sehr gerade, dünne, unfreundliche Mann ist. Aber in den Arm nehmen kann ich ihn auch nicht.

»Ich wollte noch sagen, also, wegen dem Geld, das tut mir leid, ich wollte Sie nicht erpressen. Ich kann es Ihnen zurückgeben. Oder, wenn Sie noch was für mich zu tun haben, kann ich es auch abarbeiten?« Ein trauriger Klinge macht mich plapperig.

Er reagiert nicht.

»Was war denn los?«, frage ich leise und weiß schon, dass ich keine Antwort bekomme. Also schweigen wir, bis wir ankommen. Die drei Stufen vor der Eingangstür muss ich ihn hochschieben.

»Also dann«, sage ich. »Ruhen Sie sich ein bisschen aus oder so.«

Ich springe die Treppe runter und drehe mich noch mal zu ihm um. Da steht er. Klinge mit der Klinke in der Hand. Alt und krumm.

»Komm morgen, Mädchen. Um drei«, sagt er und schlurft langsam durch die Tür ins Haus.

Ich atme aus. Gut. Er kann noch Kommandos geben.

13

»Mmmh, was machst du denn da Feines? Ist das vegan? Darf ich mal –«

Toprak war Muslim.

Robert war laktoseintolerant.

Der Michi ist Veganer.

Jeder von Mamas Typen hat sein Essverhalten mitgebracht wie ein Haustier, das im Kühlschrank wohnt.

Mama meint, es macht uns zu offeneren, toleranteren Menschen, wenn wir alle die vorübergehenden Essensgesetze befolgen. Stimmt natürlich nicht. Mich macht es vor allem wütend.

Schon tauchen Michis Zeige- und Mittelfinger tief in die Ghulacamole.

Ghulacamole. Macht Tsunami statt Welle. Hat mir gefallen, was auch immer das heißt. Aber warum eigentlich *Ghula*camole?

Michis Finger lenken mich ab. Er formt sie zu einem Haken und fischt damit einen kleinen grünen Berg aus der Schüssel. Seine Finger sind dick mit der Paste überzogen. Er steckt sie sich bis zur Handfläche in den Mund und saugt schmatzend mein Essen in sich hinein.

Es geht nicht darum, dass ich mir jetzt vorstellen muss, wo er vorher mit seinen Fingern war, was das ist, was sich unter seinen Fingernägeln zu einer grauen Pampe zusammengeschoben hat, und welcher Teil davon jetzt in meiner Guhlacamole gelandet ist. Nicht mal darum, dass ich jetzt nichts mehr davon essen kann.

»Mmoah! Lecki! Bisschen Salz vielleicht noch?« Er greift nach der Salzmühle und salzt nach. Drei Umdrehungen.

Es geht auch nicht darum, dass er mir in mein Essen reinpfuscht.

»Kann ich mal?« Er greift an mir vorbei nach einem Löffel. Ich gehe einen Schritt zurück, damit sein Arm mich nicht berührt. Er gibt noch ein bisschen Wasser in die Schüssel, grinst mich dabei schief an und rührt seine Zutaten in meine Ghulacamole.

Ich denke kurz an Klinge und daran, dass man an seinen Rezepten absolut nichts ändern darf.

Dann steckt der Michi sich den Löffel in den Mund.

»Mmmmh.« Er schließt die Augen. Den Mund nicht. Ich kann sehen, wie seine Zunge die Erbsenpaste gegen den Gaumen presst, wie sich sein Speichel grünlich färbt, wie er die Pampe in seinem Mund bewegt und sie sich um seine Zähne legt. Ich muss weggucken. Aber auch darum geht es nicht. Es geht nicht darum, dass er eklig isst.

Das hier war mal meine Küche. Darum geht es.

14

Nicht nur meine Küche ist nicht mehr meine Küche. Ich weiß nicht, wann sich das mit Janni verändert hat. Früher hätte ich ihm sofort von Klinge erzählt, Verbot hin oder her. Wir waren verbündet gegen die Welt. Kann sein, dass wir uns fast jeden Tag gestritten haben, aber wir haben uns eben auch fast jeden Tag vertragen. Wir hatten immer einen gemeinsamen Plan. Ein halbes Jahr lang haben wir einmal die Woche unsere am Fließband hergestellten Kunstwerke (ich zeichnete mit Bleistift vor, er mit Tusche nach) vor dem Haus verkauft und das Geld für riesige bunte Tüten am Kiosk ausgegeben. Irgendwann war der Markt übersättigt, jeder unserer Nachbarn hatte mindestens ein Bild, und wir mussten uns was anderes überlegen. Aber solange das Konzept funktionierte, haben wir uns mit unserer bunten Tüte auf die Bürgersteigkante gesetzt, alles vor uns auf dem Schoß ausgebreitet, Formen und Farben diskutiert, blind probiert und professionelle Geschmacksurteile abgegeben. Wir haben Süßigkeiten studiert und waren sicher, wir würden mit unseren Fähigkeiten ein Vermögen verdienen.

Zum Beispiel weiße Mäuse. Es gibt die echten und die Fakes. Einfach zu unterscheiden anhand der Augen: echt = keine Augen, Fake = kleine schwarze Zuckerkügelchen als Augen. Bei Blindverkostung auf Konsistenz achten. Während die Fakes eine gewisse schleimige Schwere im Mund entwickeln, behalten die echten ihre schaumige Leichtigkeit und die unvergleichliche zitronige Frische. Original und Fälschung auseinanderzuhalten war sowieso eine unserer leichtesten Übungen. Saure Pommes zum Beispiel oder auch ganz klassisch Gummibärchen, da muss man sehr drauf achten, nicht über den Tisch gezogen zu werden. Sonst sitzt man am Ende enttäuscht da mit einem zu weichen, geschmacklich falsch abgebogenen Brei im Mund.

Niemand war so auf den Punkt wie wir. Wir konnten jede Farbe riechen.

Immer wenn Mama mit einem von uns geschimpft hat, hatte sie automatisch mit dem Zorn des anderen zu tun. Mein Zimmer war unsere Zentrale. Nach jedem Streit Rückzug, Besprechung und kurzer Prozess: Mama wurde für schuldig befunden. Die Verurteilung zur weltgemeinsten und ungerechtesten Frau war meistens Strafe genug. Aber ein paarmal haben wir auch unsere Flucht geplant. Wir haben Listen gemacht, was wir alles einpacken müssen, und uns den Moment ausgemalt, wenn Mama unsere leeren Betten findet. Wir haben uns einen Wecker mitten in der Nacht gestellt, damit wir unbeobachtet abhauen können, und dann, wenn der Wecker um 3 Uhr geklingelt hat, haben wir es doch nie geschafft aufzustehen. Vielleicht, weil ich zu viel Angst hatte, dass Mama gar nicht so verzweifelt wäre, wenn wir weglaufen würden. Vielleicht aber auch, weil wir so verdammt müde waren. Am nächsten Morgen hatte ich immer eine wasserdichte Erklärung dafür, warum noch nicht der richtige Zeitpunkt für eine Flucht war, und ich glaube, Janni war jedes Mal ein bisschen erleichtert. Für ihn war ich wie eine Erwachsene, bloß cooler. Er dachte, ich weiß alles. Und meine Entscheidungen wären immer richtig. Ich habe das nicht ausgenutzt, nicht oft. Er ist noch immer der beste kleine Bruder der Welt, aber in mein neues Leben kann ich ihn nicht mitnehmen. Diesmal nicht.

Keine Ahnung, was Klinge genau hat. Demenz? In dem Alter ist er. Vielleicht war er Koch, bevor er durchgedreht ist?

15

»Da bist du ja endlich, Mädchen. Ich dachte schon, du kommst gar nicht mehr.«

Ich gucke auf mein Handy. 15:02 Uhr.

»Sag mal«, Klinge guckt mir angestrengt auf die Stirn, »hast du dir die Augenbrauen gekämmt?«

»Wie bitte? Nein! Ich meine, wer –«

»Komm rein, Schuhe kannst du anlassen, bist sowieso gleich wieder weg.«

Ich gehorche, und er lässt die Tür hinter mir ins Schloss fallen. Wir stehen uns im düsteren Flur gegenüber, aus dem Zimmer am Ende des Gangs dringt warmfeuchte Luft, die süß duftet. Kuchen.

»Du musst noch was für mich erledigen. Hier.« Er drückt mir einen zugeklebten, unbeschrifteten Briefumschlag in die Hand.

»Dieser Umschlag bleibt für immer verschlossen! Und in deiner Obhut. Klar so weit? Dafür hast du einen Wunsch frei.«

»Wenn ich ihn aufbewahren soll, würde ich schon gerne wissen, was –«

»Ein Name. Ein Name steht drin. Und wenn ... nur dann! Wenn ich eines unglücklichen Tages in die Fänge gerate, die mich zerquetschen wollen ... Dann! Dann öffnest du ihn und übergibst das Buch an diese Person. Die Hüterin des Schatzes, die Eingeweihte. Verstanden?«

»Eine Frau«, sage ich und nicke.

»Frau?«, sagt er und legt den Kopf schief. »Absolut nicht. Denk nicht weiter darüber nach – du konzentrierst dich auf deine Aufgabe. Du bist undercover unterwegs, Mädchen, schön unauffällig, fast unsichtbar. Nicht wie eine dieser schillernden Kröten, mit denen du im Supermarkt warst.« Er verzieht angewidert das Gesicht. »So laut.«

DIES IST KEIN
APFEL.

Aha, er findet, ich bin so gut wie unsichtbar, und hat mich, parallel zu seinem Ausraster, im Supermarkt beobachtet? Erstaunlich. Und klar, wenn jemand an diesem Tag unangenehm laut war, dann waren das auf jeden Fall die anderen. Und was ist das mit dem Wunsch? Ist Klinge vielleicht die hässlichste gute Fee der Welt?

»Niemand darf davon wissen! Geschweige denn sonst irgendjemand!«

»Wie meinen –«

»Wenn das Buch in die falschen Hände fällt, sind wir dran! Dann ... Oh, dann gibt es kein Heute und kein Morgen mehr, wie du es dir in deinem Kinderhirn vorstellst! Dann werden sie deinen kleinen Körper in ein Verlies werfen, dich langsam aushungern und erfrieren lassen. Mich werden sie geköpft vor dem Rathaus ausstellen und aus meinem Wissen eine Welt bauen, die jeden, den du kennst und liebst, auffrisst und sich jedes noch so kleine Bakteriumsgewürm untertan macht! Verstehst du, was ich sage?«

»Ja, aber –«

»Merk dir das, Mädchen!« Klinge klopft mir mit seinem krummen Zeigefinger an die Stirn. »Und jetzt geh!« Er dreht mich an der Schulter um und schiebt mich Richtung Ausgang.

»Ey! Hallo? Das geht so nicht, Sie können nicht –«

»Ach ja, natürlich. Vergessen«, sagt Klinge und verschwindet pfeilschnell in einem der Zimmer, um mir eine Millisekunde später mit einem 100-Euro-Schein vor der Nase rumzuwedeln.

»Jetzt raus.«

»Sagen Sie mal, spinnen Sie?« Ich brülle endlich. Und tatsächlich: Er hält seine Klappe.

»Ich geh doch nicht auf Todesmission für einen alten, verrückten Mann, den ich eigenhändig gerettet habe und der mich im Grunde ständig beleidigt, den ich fast nicht kenne und der mich behandelt wie ein dummes, kleines Kind, das – wenn ich das richtig verstehe – einfach nur seinen Kopf für irgendwas hinhalten soll, wofür der verrückte alte Mann zu feige ist! Ich bin doch nicht bescheuert! Ist ja nicht so, als hätte ich ein stinklangweiliges Leben, den schlimmsten Mitbewohner der Welt und würde lieber heute als morgen von zu Hause abhauen! Und meine über alles geliebten Freunde, was sollte ich denen sagen, wenn ich verschwinden muss, um Ihre »Person« zu finden? Jeden Tag hängen wir zusammen rum, wir sind seit ewig ein Team, und ich bin so was wie die Anführerin! Die kann ich nicht einfach im Stich lassen! Zumindest nicht, wenn ich nicht weiß, worum's hier eigentlich geht. Also: Entweder Sie beantworten mir jetzt ein paar Fragen, oder Sie können das alles komplett vergessen! Klar so weit?!«

»Pfffff«, macht Klinge und verdreht die Augen.

Ich warte.

»Bist du sicher, dass du bereit dafür bist, Mädchen?«

Ich nicke.

»Na dann, komm mal mit.«

16

»Was ist das?« Er kommt aus der hintersten Ecke der Wohnung auf mich zu.

»Tiefkühlerbsen.«

»Eine Beleidigung! Es ist eine Beleidigung für alle Ghule der Welt!« Ehrlich aufgebracht schüttelt er die tropfende Plastiktüte mit dem aufgedruckten Berg glänzender grüner Erbsen vor meinem Gesicht und sticht mit dem Finger ein paar Mal hinein, um noch klarer zu machen, wer hier der Schuldige ist.

»Weißt du überhaupt, was ein Ghul ist, Mädchen?«

Mitgehen, immer mitgehen, wenn das Hirn eines Verrückten seine wilden Schlaufen zieht. Ich sage: »So was wie ein Vampir?«

»Aaahrgh!« Klinge wirft die Arme hoch, und ich habe ein bisschen Angst, dass er gleich die Tüte zerreißt und mit Erbsen um sich wirft.

»Das schwarze Schaf! Der böse Bruder, der verlorene Sohn der Vampirfamilie.« Klinge spricht jetzt mit der eisigen Stimme eines Geisterbahnsprechers. »Hier.« Er wirft die Tüte mit den Tiefkühlerbsen einfach hinter sich und zieht das unterste Buch aus einem Stapel. Ein sehr dickes Notizbuch. Er schlägt es auf.

»Wow, haben Sie das gezeichnet?«

»Klappe halten! Ghuuul«, sagt er und tippt mit seinem Finger auf die Zeichnung. »Das Gefährlichste an ihm ist seine Rotze. Sie brennt Löcher in deine Haut, lässt deine Augen zusammentrocknen und ätzt dir ein paar Extragänge in die Nase.«

Damit ich mir besser vorstellen kann, was er meint, greift er sich mit seinem Zeige- und Ringfinger in seine Nasenlöcher und zieht sie vor meinen Augen weit auf. Ich würde mich so gerne abwenden, wegschauen, aber das Grauen zieht mich rein – wie wenn man an einem Unfall vorbeifährt. Ich bin kurz hypnotisiert von Klinges tiefen, feucht haarigen, vor meinen Augen aufgespannten Nasengängen. Bis er sich abwendet.

»Ghule spucken, sie rotzen meterweit!«, ruft er. »Ihr Maulschleim ist zäh und fest, sie formen kleine Kugeln daraus und knallen sie dir hinterrücks vorn Kopp! Das A und U deswegen –«

»O.«

»Was?«

»O, nicht U.«

Klinge entfährt ein Lachen, wie einem ein Furz entfährt. »Mädchen, du bist herrlich, wirklich, deinen Humor merk ich mir.«

»Was?«

»Hach ja – wo waren wir?«

Als er sich wieder eingekriegt hat, erklärt er mir endlich, wie man die stinkenden Vampirbrüder dingfest macht: Die drei As …

… und dann – er guckt feierlich: »Abernten.«

»Abernten«, spreche ich nach und versuche mich zu konzentrieren.

Klinges Augenlider zucken komisch.

»Äh? Alles okay?«

Seine Lippen sind hart, sein Mund verschlossen, jetzt hebt er beide Hände und zeigt auf seine Augen.

»Ja, ich ... sehe schon.«

Er hat wirklich besondere Augen. Diesen Kranz um die Iris, den haben ja viele, aber nicht so einen wie Klinge. Sein Kranz wechselt die Farbe – kein Scheiß. Je nach Stimmung. Wie diese Ringe, die man früher mal kaufen konnte, um die eigene Stimmung daran abzulesen. Wer hat sich das eigentlich ausgedacht? Jedenfalls, Klinges Kranz flackert in einem knalligen Orange. Er ist aufgeregt. Und er zwinkert schnell und viel, seine Lider flattern.

»Ihre Augen?«, sage ich, damit er weiß, dass ich verstanden habe und er wieder normal werden kann.

Wird er aber nicht. Er zwinkert, und ich habe Angst, dass er gleich einen epileptischen Anfall oder so bekommt. Morst er? Kennt man doch aus Filmen, wenn einer nicht sprechen kann oder darf, dann wird so was manchmal eingesetzt.

Das Flattern wird immer schneller, außerdem sieht es so aus, als würde sein Gesicht anschwellen. Vom Hals breitet sich ein roter Schimmer Richtung Stirn aus. Er atmet nicht.

»Herr Klinge, ich verstehe Sie nicht! Was ist denn los? Atmen Sie! Bitte!«

»Pfffffff«, die Luft aus seinem Körper entweicht, er sackt ein Stück in sich zusammen und atmet dann tief ein.

»Die Augen«, presst er raus und zieht einen kleinen Löffel aus der Hosentasche, »die kleinen, grün glänzenden, knackig süßen, kraftstrotzenden Ghuläuglein. Ernten.« Der Knoten in der Zunge. Jetzt verstehe ich. Dieser Mann hält Erbsen für Augen. Ghulacamole heißt Ghulacamole, weil sie aus pürierten Ghulaugen besteht.

klingelogik:
FEENZAHN = Mais
DRACHENHERZ = Tomate
EINHORNKNOCHEN = Rhabarber
WERWOLFSPUCKE = Honig
NIXENHIRN = Himbeere
AUBERGINE = Hexenleber?
PAPRIKA = ????
PAMPELMUSE = Meerjungfrauenbrust?
PILZE = Zwergenohren?
KÜRBIS = Trollkopf??

Ich starre auf die Gläser mit dem eingelegten Gemüse, und ich weiß nicht, ob es am Einfall des Lichtes liegt oder ich doch kurzsichtig bin, aber für einen Moment kann ich es sehen: Ich bin umgeben von in Formaldehyd eingelegten Körperteilen.

Und jetzt platzt es aus Klinge heraus. Wie aufgezogen springt er im Zimmer herum und hält mir ein Glas mit Eingemachtem nach dem anderen ins Gesicht. Dabei brüllt er:

»Feenzahn!« – sieht aus wie Mais.

»Drachenherz!« – eine formschöne Tomate.

»Einhornknochen!« – Rhabarber?

»Werwolfspucke!« – Honig.

»Nixenhirn!« – Himbeere.

OMG, denke ich.

Aber das war erst der Anfang.

17

Als ich unsere Wohnungstür aufschließen will, zittert meine rechte Hand ein bisschen, und ich verfehle das Schloss zweimal knapp. Wahrscheinlich habe ich einfach zu lange nichts gegessen. Ich will in mein Zimmer. Solange es noch meins ist.

»Luuucieee, schön, dass du daaaaa biiiiist, wie war dein Tahaaaag?« Der Michi guckt aus seinem »Büro« im Wohnzimmer. Er hat die Ecke, in der früher der Fernseher stand, mit gebatikten Bettlaken abgehängt, dahinter ist sein Arbeitsplatz: ein Schreibtisch, der fast komplett von seinem gelbgrauen Monitor eingenommen wird – und der aus einer Zeit stammt, in der noch Mammuts durch die Wälder zogen. Darunter ein Turm von einem Computer, der den Beinen kaum Platz lässt, und neben dem Schreibtisch ein Bücherregal mit nach Themen sortierten Ratgeberbüchern. Unseren Fernseher gibt's nicht mehr. Wegen der Strahlung. Computer scheinen aber okay zu sein. Logisch. Als Erwachsener kann man Regeln einfach erfinden und verbiegen, Ausnahmen bestimmen und Widersprüche ignorieren. Ergebnis meiner Studien. Beweissubjekte: der Michi, die Haarklammerfrau, Klinge. Machen sich doch alle Regeln, nach denen sie leben, und können nicht fassen, wenn jemand sich nicht daran hält. Die Frage ist: Wer bestimmt, welche Regeln okay sind und welche nicht? Ich meine, warum ist überhaupt irgendwas nicht okay, solange es niemandem wehtut? Oder andersrum. Michis Regeln tun mir im Hirn weh – ist er deswegen verrückt?

»Du, ich wollte noch was mit dir besprechen wegen der Wand, die du hellgelb gestrichen hast. Könnte man die vielleicht wieder zurück auf Weiß bringen? Weißt du, ich brauche diese Klarheit für mein Arbeiten, das verstehst du bestimmt.«

»Nicht jetzt, Michael, bitte.«

»Ja, du, nee, klar, brauchst du gerade deine Ruhe? Anstrengenden Tag gehabt, hm? Wenn du drüber reden willst –«

»Nein danke.« Meine Zimmertür steht offen.

»Ach so, ja, wollte ich noch sagen. Ich hab da schon ein, zwei Kisten reingestellt, nur in die eine Ecke.«

Ein, zwei Kisten. In einer Ecke meines Zimmers erhebt sich ein bräunlicher Berg, der fast bis unter die Decke reicht. Der Michi hat die ein, zwei Kisten unter einem seiner mit Rotkohl gefärbten Tücher versteckt. Macht Sinn, so stören sie ja kaum. Ich drehe mich zu ihm um, um ihm meinen Todesblick zuzuwerfen, und da sehe ich es. An seiner Oberlippe. Dicke, gelblich weiße Herpesbläschen.

Ich drehe mich wieder um und ziehe die Tür hinter mir zu. Gänsehaut im Nacken und ein Gedanke, so langsam und klar wie in Zeitlupe: yeah. Yeah. YEAH! Ich bin Miraculix. Klinge hat recht! Ich habe Michi Herpes an die Lippe gezaubert! Kurz sehe ich mich vor mir, dreißig, vierzig, fünfzig Jahre alt, eine weise Frau, die den für jede Situation passenden Zauber parat hat. Reich und berühmt, gefürchtet und verehrt. Aber dann kippt das Bild. Ich bin hundertfünfzig Jahre alt. Ein weiblicher Klinge, dem niemand glaubt. Oder noch schlimmer? Alleine und verstoßen in einer düsteren, feuchten Höhle unter einem uralten Baum, verdammt zu ewigem Leben ohne Freunde. Ist das hier der Anfang vom Ende? Ganz ruhig. Zufall. Es ist Zufall.

Ich setze mich auf mein Bett und sortiere. Ich sortiere die Welt, die Klinge sich gebaut und in die er mich eingelassen hat. Ich bin einigermaßen sicher, dass es eine ganz andere ist als die, in der ich lebe. Kein Grund also, zittrige Hände zu haben.

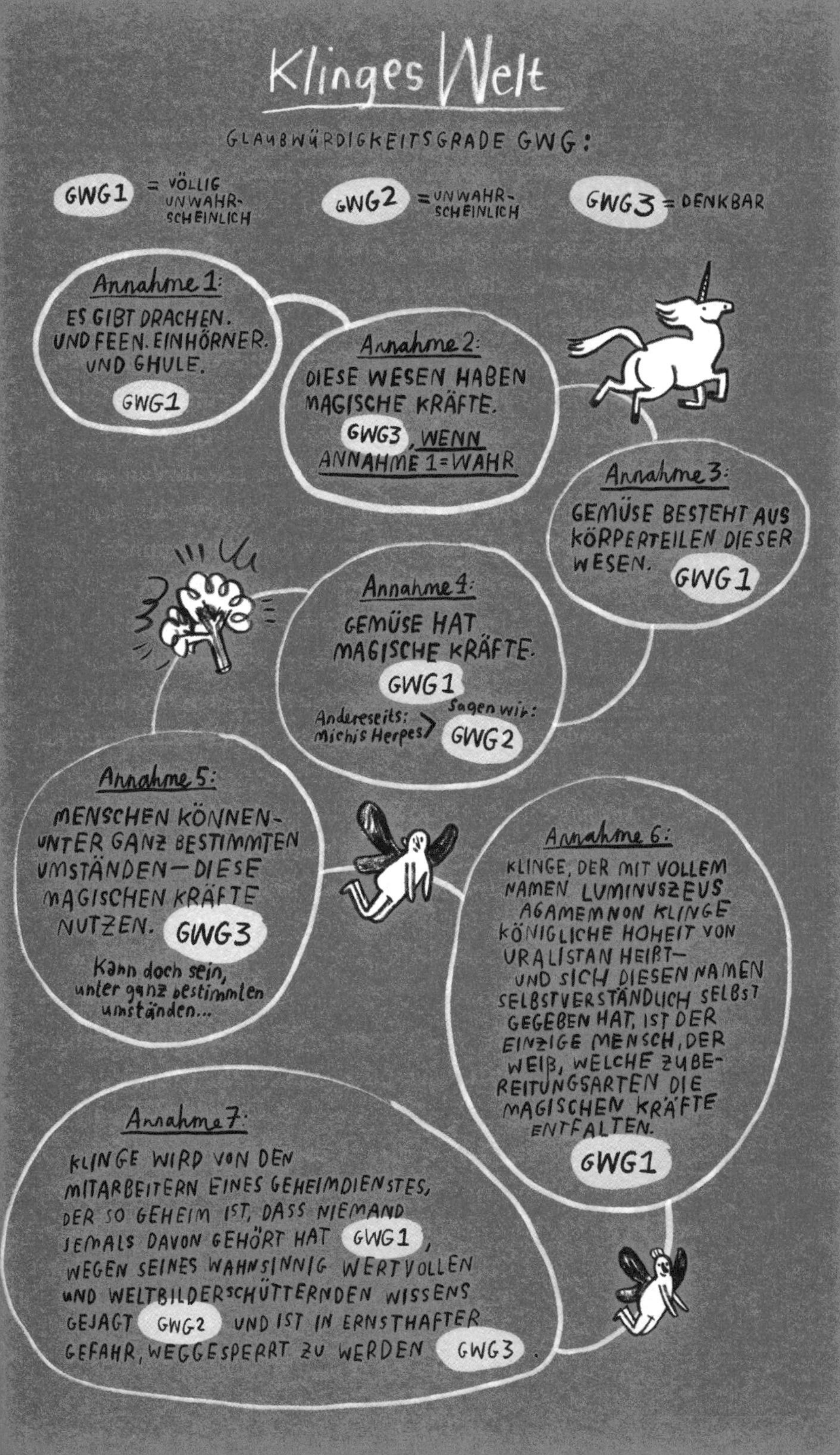
Klinges Welt
GLAUBWÜRDIGKEITSGRADE GWG:
GWG1 = VÖLLIG UNWAHRSCHEINLICH
GWG2 = UNWAHRSCHEINLICH
GWG3 = DENKBAR
Annahme 1:
ES GIBT DRACHEN. UND FEEN. EINHÖRNER. UND GHULE.
GWG1
Annahme 2:
DIESE WESEN HABEN MAGISCHE KRÄFTE.
GWG3, WENN ANNAHME 1=WAHR
Annahme 3:
GEMÜSE BESTEHT AUS KÖRPERTEILEN DIESER WESEN.
GWG1
Annahme 4:
GEMÜSE HAT MAGISCHE KRÄFTE.
GWG1
Andereseits: Michis Herpes
Sagen wir: GWG2
Annahme 5:
MENSCHEN KÖNNEN — UNTER GANZ BESTIMMTEN UMSTÄNDEN — DIESE MAGISCHEN KRÄFTE NUTZEN.
GWG3
Kann doch sein, unter ganz bestimmten umständen...
Annahme 6:
KLINGE, DER MIT VOLLEM NAMEN LUMINUSZEUS AGAMEMNON KLINGE KÖNIGLICHE HOHEIT VON URALISTAN HEIßT — UND SICH DIESEN NAMEN SELBSTVERSTÄNDLICH SELBST GEGEBEN HAT, IST DER EINZIGE MENSCH, DER WEIß, WELCHE ZUBEREITUNGSARTEN DIE MAGISCHEN KRÄFTE ENTFALTEN.
GWG1
Annahme 7:
KLINGE WIRD VON DEN MITARBEITERN EINES GEHEIMDIENSTES, DER SO GEHEIM IST, DASS NIEMAND JEMALS DAVON GEHÖRT HAT GWG1, WEGEN SEINES WAHNSINNIG WERTVOLLEN UND WELTBILDERSCHÜTTERNDEN WISSENS GEJAGT GWG2 UND IST IN ERNSTHAFTER GEFAHR, WEGGESPERRT ZU WERDEN GWG3.

Ich bin kein Mathe-Genie und habe keine Ahnung, wie man den Glaubwürdigkeitsgrad insgesamt ermitteln würde, aber alles in allem kann man sagen, dass das eine ziemlich haarsträubende und relativ unglaubliche Geschichte ist, die, wäre sie wahr, ziemlich cool wäre. Nicht dass ich irgendwas von Einhörnern halte, aber das ist eben das Coole: In Klinges Welt werden Einhörner nicht gestreichelt, sondern geschlachtet.

Die Rezepte waren erst der Anfang. Ich bin Publikum und Assistentin, Komplizin und Beobachterin. Klinge weiht mich ein, nimmt mich mit, zieht den Vorhang auf und tanzt mir seine Welt und sein Wissen auf seiner selbst gebauten Bühne vor. Sein *Kochen für Killer* wird eine Enzyklopädie der Wunderwesen. Wo sie leben, wie man sie jagt, schlachtet und welche Zauberkräfte in ihren Knochen, Augen und Zähnen stecken, wenn man sie zuzubereiten weiß – alles in einem Buch.

Seit der Supermarktsituation vertraut er mir irgendwie. Und warum nicht mitmachen? Ich bin gerne Ghostwriterin, und nebenbei kann ich eigene Studien anstellen. So wie Klinge Fabelwesen studiert hat, studiere ich ihn. Vielleicht werde ich auch eine Entdeckerin. Christoph Kolumbus, Agamemnon Klinge und Lucie Schmurrer – die großen drei der Weltgeschichte. Außerdem: Bis zu den Sommerferien, bis zu meinem Umzug, hab ich nichts anderes zu tun.

Mindestens ein echter Biologe hat sich mit Fabelwesen beschäftigt. Er hat ein Buch darüber geschrieben, dass Einhörner, Phönixe und Meerjungfrauen echte Tiere sind. Tiere, die es wirklich gibt, die aber vom Menschen missverstanden wurden. Dass Einhörner zum Beispiel eine bestimmte Ziegen- oder Rinderart sind, mit ganz normal zwei Hörnern, dass sich das zweite Horn aber immer hinter dem ersten versteckt, sodass es aussieht, als hätte das Tier nur ein Horn. Einhorn. So was wie eine optische Täuschung, aus der die Menschen sich dann irgendwas zusammengereimt haben, eine Erklärung für etwas, was sie sonst nicht verstanden hätten. So, wie Menschen das so machen.

Warum ist es eigentlich nicht wahnsinnig, daran zu glauben, dass ein Geist, der aussieht wie ein dünner, bekiffter Opa im Nachthemd, die ganze Welt gemacht hat? In sieben Tagen, logisch. Es ist doch völlig durchgedreht, dass in einer Frau, einer *Jung*frau, die noch nie einen Mann nackt gesehen hat, einfach so – PLOPP – ein Kind entsteht. Natürlich ein übertrieben streberhaft gutes. Aber nö, da ist man *gläubig*, nicht *wahnsinnig*, wenn man den Quatsch rausposaunt.

Abgesehen davon wären Klinges Geschichten vor 2000 Jahren völlig normal gewesen. Und außerdem wurde vor ein paar Jahren in Italien ein Reh geboren, dem ein Horn gewachsen ist. Kein Geweih. Ein einzelnes Horn.

18

Vor meiner Zimmertür ist plötzlich Bambule. Ich höre die Haustür knallen und Leute schreien.

»Lass mich in Ruhe, is mir doch scheißegal!« Janni. »Das ist nicht okay, Janni, das weißt du auch.« Mama, leiser.

Knall. Zimmertür.

»Leute. Ruhe bitte, ich kann so nicht arbeiten.« Michi aus dem Wohnzimmer.

Eigentlich nur eine Möglichkeit:

Etwas ist kaputt.

»Was ist denn?«, frage ich, mache einen Schritt in den Flur und ziehe meine Zimmertür zu.

»Sorry, Schatz!«, ruft Mama ins Wohnzimmer.

»Was ist denn passiert?«, frage ich noch mal.

»Kannst du nicht mal mit ihm sprechen?« Mama guckt müde und hilflos.

Ich klopfe an Jannis Tür. »Janni? Ich bin's, kann ich reinkommen?«

Er sagt nichts. Das heißt Ja, finde ich.

Er sitzt auf seinem Bett und starrt. Beine angezogen, Blick ins Nichts.

»Was'n diesmal kaputt?«

»Sporthalle.«

»Ach du Scheiße, echt?«

Er zuckt die Schultern.

»Was denn? Scheiben? Alle?«

»Fast.«

In letzter Zeit geht öfter was kaputt, wenn Janni in der Nähe ist. Er ist so sauer.

Mama macht sich Sorgen deswegen und hofft, dass das hilft.

Der Michi glaubt, Janni hängt in einer toxischen Gedanken-Gefühle-Spirale.

Ich glaube, er sollte sich andere Freunde suchen, aber immer wenn ich ihm das vorschlage, reagiert er ziemlich empfindlich.

»Weißt du, was ein Defäkationsreiz ist?«

Manchmal ist Ablenkung das Beste, was ich bieten kann.

Janni zuckt die Schultern, guckt nicht hoch.

»Ich geb dir 'nen Tipp. Eins von Michis Lieblingswörtern.«

»Kein Bock, Lucie, kein BOCK!«

»Es hat was mit seinem Lieblingsthema zu tun!«

»Wie Merkur gerade seine Chakren auf links dreht und dass er sich deswegen erst mal hinlegen muss?«

»Nein, das andere.«

Janni überlegt. Immerhin. Nach ein paar Sekunden sagt er: »Kacken?«

»Ab-so-lut! Gestern hat er mir erklärt, wie so 'n Kackreiz funktioniert. Faszinierend, findet er. Und dass der Darm sowieso mehr Aufmerksamkeit verdient hätte, dass er zu Unrecht im Abseits der Innereien stehen würde und so weiter. Und dass er vorhat, diesem ›völlig natürlichen, wertvollen Vorgang, der weder unser Denken noch eine bewusste Steuerung braucht, ohne den wir aber nicht überleben würden‹, endlich die Aufmerksamkeit zu schenken, die ihm zusteht.«

»Uärgh«, macht Janni. »Noch mehr Aufmerksamkeit? Weiß doch so schon jeder, wenn er gerade kacken war.«

»Nur weil er immer so guckt, als hätte er gerade den Heiligen Gral gefunden, wenn er vom Klo kommt? Ach komm.«

»Oder als hätte er ein Kunstwerk erschaffen.«

»Aaaaaah, herrlich, drei Pfund leichter«, mache ich Michi nach.

Janni lacht. Endlich.

»Ich müsste ja eigentlich dünn sein wie 'ne Tanne. Ich geh dreimal am Tag kacken.«

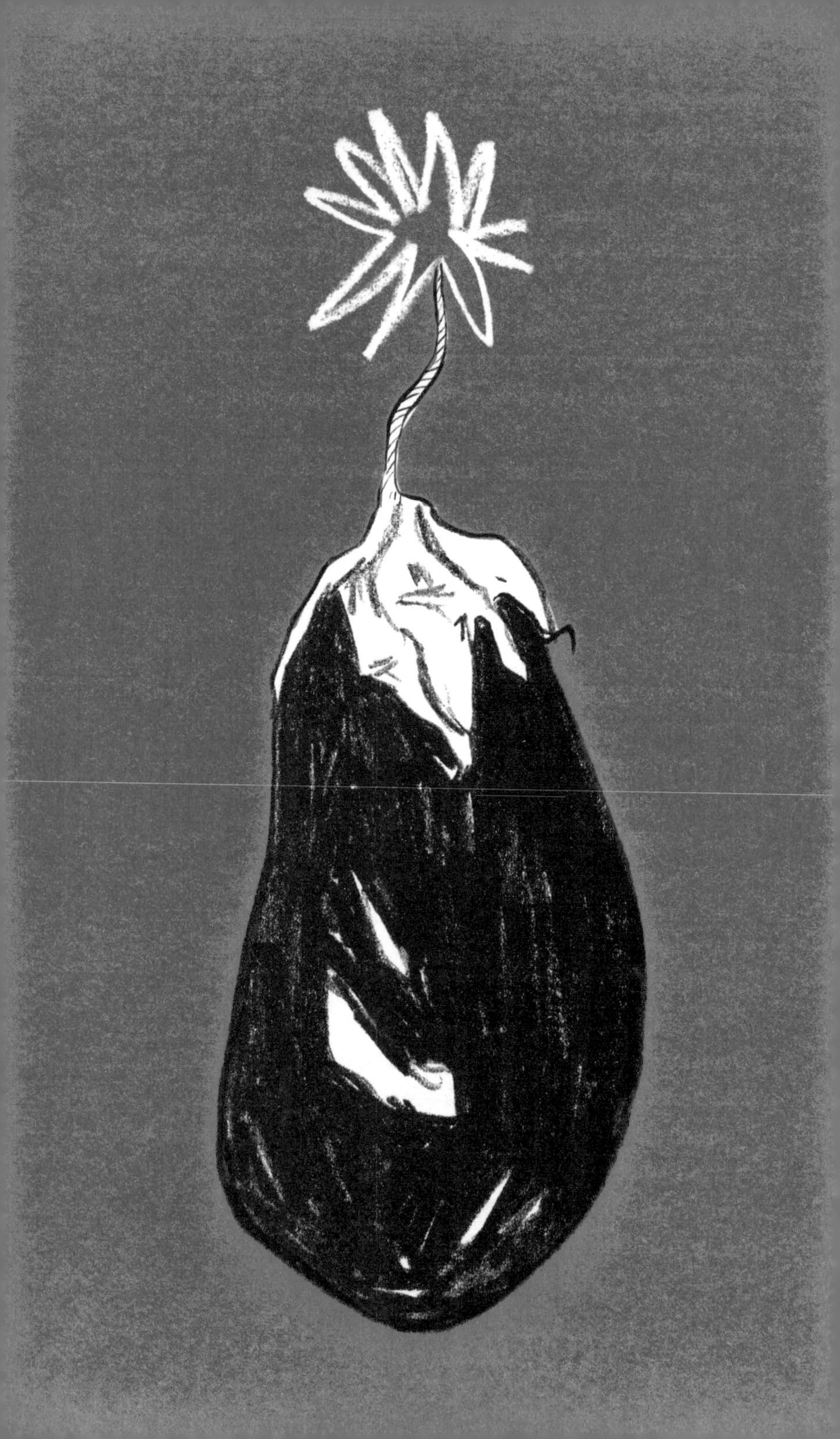

»Wusstest du«, sagt Janni mit gut gespieltem Ernst, »dass Veganer die bessere Scheiße produzieren?«

»Tatsächlich?« Ich versuche, überrascht zu gucken.

»200 Gramm mehr. Wegen der –«

»Ballaststoffe«, sagen wir gleichzeitig.

»Ich hab übrigens einen Job«, sage ich, und Janni guckt irritiert.

»Wo?«

»Bei so 'nem Typen, der denkt, dass Gemüse in Wirklichkeit Körperteile von Tieren sind.« Ich glaube, es ist gut, wenn ich ein bisschen vereinfache.

»Er ist der Einzige, der sich damit auskennt. Und ich helfe ihm, ein Buch darüber zu schreiben.«

Jannis Stirn zieht sich zusammen.

»Er wird verfolgt, weil in den Körperteilen, also dem Gemüse, also wenn man es richtig zubereitet, dann kann man so 'ne Art Zaubertränke daraus machen, und wenn das rauskommt, wären sie völlig unkontrollierbar. Also die Menschen. Könnten damit nicht umgehen.«

Ich grinse schief. Wenn man es ausspricht, sackt alles auf GWG 3.

»Aber du, oder wie?«

Ich nicke, bin mir aber nicht sicher.

»Und du glaubst das?«

»Na ja, nee. Aber ich find's irgendwie –«

»Ist der gehirnamputiert?«

»Hä? Nee.«

»Klingt aber so.«

»Der ist bisschen komisch, aber ich mag ihn.«

»Na dann.«

»Was soll das denn heißen?«

»Wieso ist der nich in der Klapse?«

»Wieso denn? Tut doch keinem was.«

»Klingt wie 'n Psycho. Ist das ansteckend?«

Ich glaube, ich wollte den Janni von früher mal wieder sehen. Wir hätten ein Geheimnis haben können, etwas, worüber wir lachen und woran wir zweifeln können. Vielleicht hätte ich ihn mal mitgenommen zu Klinge.

Er war nicht immer so. Er war mal der beste Bruder, den man sich vorstellen kann. Jetzt tut er alles, um zu den Normalen zu gehören. Und ist wütend, weil es nicht so richtig klappt.

19 Dem Typen, der als Erster gesagt hat, dass die Erde keine Scheibe, sondern eine Kugel ist, hat auch keiner geglaubt. Wahrscheinlich haben die Leute gedacht, er wäre vom Teufel besessen – oder was auch immer man damals gedacht hat. Kein schönes Leben. Vielleicht wird Klinge in zwanzig Jahren ein Denkmal gebaut, eine Straße nach ihm benannt, und alle sagen: »Oh, was für ein schlauer Mann. So viel schlauer als wir und seiner Zeit weit voraus.« Aber er hatte trotzdem ein Scheißleben und wurde für verrückt gehalten und ausgelacht.

Ich mache mit, egal ob er verrückt ist oder nicht. Was er höchstwahrscheinlich ist. Aber auch für Verrückte ist es schön, wenn irgendeiner einfach mitmacht. Abgesehen davon werden noch immer dauernd neue Tierarten entdeckt. Meistens Käfer und so was, aber warum nicht auch mal kleine Drachen, die sich einfach supergut tarnen können oder unter Wasser leben? Unter Wasser, da gibt es ja sowieso noch eine völlig unentdeckte Welt. Ich wäre jedenfalls gerne dabei, wenn die Welt aus den Fugen gerät.

Meine Lieblingsrezepte der Woche:

20

»Ey, Lucie!«, zischt es hinter mir, und ich drehe mich aus Versehen um.

Leonie zappelt auf ihrem Stuhl, als würden Stromschläge durch ihren Körper gejagt. Ihr linkes Auge zuckt im Sekundenrhythmus, gleichzeitig zieht sich ihr linker Mundwinkel krampfig nach oben. Das halbe Gesicht ist hässlich verzerrt. So hässlich, wie ein Gesicht eben sein kann, wenn es wunderschön ist.

Ich drehe mich wieder nach vorne. Hinter mir kichert es, Girl Number One und Girl Number Two sind mit der Performance absolut einverstanden. Leider sitzen sie zu weit voneinander entfernt, um Leonie zu ihrem Eins-a-Scherz mit einem High Five zu gratulieren.

Alle im Wahlpflichtkurs *Französische Chansons* wissen, worum es geht. Ich bin wieder zu der Art Freak geworden, mit der man sich unter keinen Umständen zeigen kann, ohne sich verdächtig zu machen. Natürlich gibt es Videomaterial von der Supermarktsituation, und natürlich haben es alle gesehen. Ich habe es auch gesehen und muss zugeben, dass nicht ganz eindeutig rüberkommt, dass ich die psychisch absolut unauffällige Heldin der Situation bin.

Klinge, davon gehen die meisten aus, ist mein Vater, Opa oder sonst irgendwie mit mir verwandt. Das heißt, ich habe Gene von einem Psycho. Und als wenn das irgendwie ansteckend wäre, hält jetzt jeder, der nicht zu den besonders Mutigen zählt, mindestens fünf Schritte Abstand von mir.

Und im Grunde ist damit die Welt wieder in Ordnung, weil – ginge es nach Bernie – genau so sollte es sein:

»Es ist eine mathematische Gleichung. Wenn du in deiner Schulzeit zu den Freaks gehörst, weil du zu viel liest, zu wenig sprichst, die falsche Musik hörst, Vegetarierin bist«, sie zeigte auf mich, »oder

Ballett machst«, sie zeigte auf Janni, »wirst du später, im echten Leben, zu den Coolen gehören. Und wenn du in der Schule cool gefunden wirst, dann bist du spätestens mit fünfundzwanzig ein langweiliger Spießer, mit dem niemand was zu tun haben will.« Bernie sagte das mit einem Schulterzucken, als wäre das ganz logisch.

»Schule ist ein komischer Zoo«, hat sie immer gesagt. »Da werden die Würgeschlangen mit den Schneehasen, den exotischen Vögeln und den Grizzlybären in einen Käfig gesperrt, und dann wundern die Wärter sich, dass einige zerfleischt werden.« Und:

»Nie wieder werdet ihr mit so vielen Leuten, die ihr euch nicht ausgesucht habt, so viel Zeit verbringen müssen. Nach der Schule wird alles besser. Dann habt ihr die Wahl. Dann fängt das echte Leben an.«

Das Komische dabei: Bernie ist Lehrerin.

Janni war damals in der zweiten Klasse, ich in der fünften. Wir hatten beide keine Freunde. Nicht dass sich das für mich geändert hätte.

»Im echten Leben will niemand mehr was mit der Klassenprinzessin zu tun haben. Deswegen heiratet sie mit zwanzig ihre Jugendliebe, kriegt fünf Kinder und ist mit dreißig depressiv. Aber ihr – kann sein, dass euch gerade niemand versteht, aber das heißt bloß, dass euch einmal die Welt offensteht! Vielleicht gründet ihr 'ne Band oder zieht nach Island auf 'nen Bauernhof. Vielleicht macht ihr Filme oder lebt als Hippies im Wald!«

Es würde ihr das Herz brechen, Jannis neues Leben kennenzulernen.

»Ey!«

Nicht schon wieder.

»Psssst! Ey, Lucie?«

Ich ignoriere.

Es hilft nicht, etwas trifft mich am Arm. Ich drehe mich in Flugrichtung. Ein dünner blonder Junge aus der Achten, Freund von Marvin, deutet mittelmäßig unauffällig auf den Boden neben mir. Jetzt sehe ich, was mich getroffen hat: ein auf Kleinstmaß zusammengefalteter Zettel.

Meine Augen kleben an dem Zettel, der Duft von Sonnencreme steigt mir daraus in die Nase. Ich muss blinzeln, weil mich ein weißgoldener Sonnenstrahl blendet und seine Wärme auf meinem Handrücken kitzelt. Vor mir steht Marvin brusttief im türkis glitzernden Wasser und prustet, weil ich ihm gerade eine Ladung davon ins Gesicht gespritzt habe. Jemand lacht – ich! Mein Herz geht auf und dann, als ich nach einer langen Pause tief einatme, wieder zu. Ich spüre den harten Stuhl unter mir und den alten Klumpen Ärger, der meinen Bauch von innen wärmt, und ich hoffe, dass Marvin sieht, wie ich seinen Zettel zerknülle und auf den Boden fallen lasse.

Im Hintergrund Edith Piaf. Was ich an ihr mag: Sie erinnert mich an Bernie. Nicht nur, weil ich mit Bernie zum ersten Mal ihre Musik gehört habe. Auch, weil sie sich ähnlich sind, irgendwie. Randvoll mit Gefühl. Jedes von Edith Piafs Liedern handelt von der Liebe. Mal glücklich, mal weniger, aber immer mit Kopfsprung hinein.

Edith Piaf war nicht blöd, und ich bin es auch nicht. Mir schon klar, dass das 'ne Falle ist.

»Was war das da gerade?«, zischt mich jemand von rechts an. Jessie.

Der Unterricht ist zu Ende, ich will nach Hause, das ist alles.

»Und tu nicht so, als wüsstest du nicht, was ich meine. Willst du mir ans Bein pissen?« Sie flüstert fast, ihre Stimme ist scharf.

Ich drehe mich nach den anderen um, aber Jessie ist tatsächlich alleine auf dieser Mission. Das beruhigt mich ein bisschen.

»Du meinst, warum ich es mir gefallen lasse, von euch so scheiße behandelt zu werden? Dass ihr 'ne Hammerstory auf meine Kosten erzählt und mich darstellt, als wäre ich nicht dicht? Ach, nur so, ich hab ein Herz für asoziale Schönheiten, ihr sollt es auch ein bisschen nett haben.«

Jessie lacht nicht. Stattdessen kommt sie ganz nah an mich ran und faucht: »Marvin gehört mir, klar? Lass die Finger von ihm, du hässlicher Tzücho.«

»Psycho«, sage ich.

»Was?«

»Schon gut.«

»Alter, wenn du mir dumm kommen willst –«

»Nein. Schon gut.«

Sie wirft mir noch einen Hassblick zu, dann beschleunigt sie und rauscht davon.

Aha. Okay. Interessant. Das heißt nicht unbedingt, dass die Falle keine Falle ist. Ich meine, die ganze Schule hat die Videos aus dem Supermarkt gesehen, Marvin garantiert auch. Aber es heißt, dass es keine Falle ist, die Jessie mir gestellt hat.

21

»Drachen!«, sagt Klinge und hält eine Zeichnung hoch. Der Drache springt fast vom Papier. »Die sind schon lange nicht mehr das, was sie mal waren. Leben in Tiefgaragen und verlassenen Baumhäusern statt in Felsspalten. Und schlafen tagsüber! Sind im Lauf der Zeit auf mittlere Schäferhundgröße geschrumpft – klar, evolutionärer Vorteil.«

»Warum das denn? Drachen waren doch mal so was wie unbesiegbar, einfach weil sie so groß waren! Wo ist denn da der evolutionäre Vorteil? Die haben Städte vernichtet mit einem einzigen Feuerstoß!«

Ich fühle mich Drachen verpflichtet, vor gar nicht so langer Zeit bin ich quasi jeden Tag in einem Drachenkostüm herumgelaufen. Mit drei oder so. Fühlte sich stark an.

»Jah!« Klinge wirft die Arme in die Luft. »Aber gab es damals schon Uzis, hm? Maschinengewehre, Raketenabwehrdings und Atombomben? Denk doch mal nach, Mädchen«, er trommelt mit Zeige- und Mittelfinger gegen meine Stirn. »Die haben doch keine andere Chance, als sich zu verstecken! Der kleine, süße Feuerstrahl schützt sie doch vor nichts mehr heutzutage. Vorteil für uns: leichter zu jagen. Im Grunde kaum noch Lebensgefahr. Das war damals in Uralistan 'ne ganz andere Nummer. Ich bin noch höchstselbst in schlafende Drachen eingestiegen, um ihnen die Herzchen herauszuschneiden. Eingestiegen! In den Drachenkörper! Was meinst du, was da hätte passieren können? Alles!«

Ich nicke. Denke kurz an Edith Piaf, die gesungen hat: »Er ist in mein Herz eingetreten«, und ziemlich sicher etwas anderes meinte als Klinge. Ich notiere:

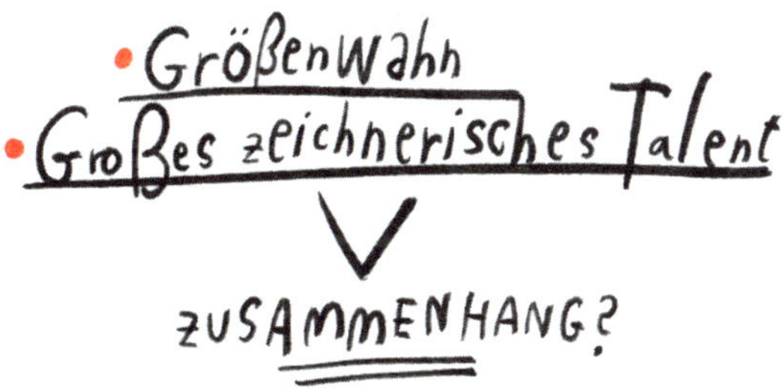

»Und im Herz sitzt alle Kraft?«, frage ich.

»Oooh jaaa! Und auch wenn alles am Drachen geschrumpft ist, *eins* ist immer noch überspektakulär riesengroß!« Klinge wartet.

Ich weiß die Antwort nicht.

»Ihre Liebe.« Klinge hält inne. Er lässt wirken. Und es fühlt sich wirklich ein bisschen so an, als würden die Worte groß im Raum stehen.

Ich bewege meinen Kopf sehr langsam von links nach rechts, eher ein Nein als ein Ja. Ich will mehr hören.

Klinge seufzt. Der Gedanke an die Liebesfähigkeit der Drachen bezaubert ihn, das sehe ich.

»Drachenliebe ist ein Dach im Regen, ein Fallschirm über dem Abgrund. Drachenliebe rettet dich. Drachenliebe ist der Puderzucker auf der Kirsche auf der Sahne auf dem Eis, sie setzt immer noch eins drauf. Drachenliebe ist ein warmes, weiches Bett und das Lagerfeuer am Strand unter dem Sternenhimmel. Ach was! Drachenliebe ist jeder einzelne Stern und das gesamte Himmelszelt! Un-end-lich und un-vor-stell-bar!«

Inzwischen liegt er auf dem Boden, die Arme ausgebreitet, mit einem ungewohnten Ausdruck im Gesicht. Er sieht glücklich aus.

»Und das«, er setzt sich mit einem Ruck auf und guckt mich aus glasigen Augen an, »ist alles noch immer da! Da drin.« Er zeigt auf die Tomate, die rot auf der Fensterbank glänzt.

Ich notiere:

Große Faszination für Liebe

V

Umgang mit Mitmenschen
hingegen völlig lieblos

V

Steht übertrieben
auf Tomaten

V

SCHWIERIGE KINDHEIT?

22

Die Küche riecht nach Ingwer und Pfeffer, die Scheiben sind beschlagen, und es ist warm vom langen Geköchel. Mama und der Michi sind in der Sauna und Janni bei irgendeinem Freund. Ich schäme mich und bin gleichzeitig aufgeregt, und beides hat mit Heartchup zu tun.

Ein Liebestrank. Klar, das ist doch so eine Art Basic-Zauber. Auch wenn Klinge sich nicht als Zauberer sieht. Eher als – ja was eigentlich? Jäger. Koch. Weiser. Als Superheld natürlich. Einer, der die magischen Geschöpfe kennt, liebt und isst. Auf jeden Fall mehr Hagrid als Dumbledore. Bloß in grantig.

Ich habe eine von seinen eingelegten Tomaten mitgenommen. Ein Glas nur, unter meinen Pulli gesteckt, er hat noch mindestens zehn rumstehen. Ich musste es tun, ich muss es versuchen, wenigstens einmal. Klar wird er es merken, und ich schätze, er wird mich mindestens vierteilen dafür, aber einmal, nur einmal muss ich es versuchen. Marvin verzaubern.

Es knackt in meinem Hirn, und mein Blick verfängt sich in den Zweigen vorm Fenster. Ich spüre Wind in meinem Haar. Fühle einen Arm um meine Schultern. Marvins Arm. Es ist große Pause, wir schlendern über den Schulhof, die Sonne steht günstig, und er lacht über einen Witz, den ich gemacht habe. Im Hintergrund höre ich das Fauchen und Zischen der vor Wut und widerwilliger Anerkennung brodelnden Number-One-Gang, die uns nicht aus den Augen lässt. Ich wünschte, die Pause würde niemals enden, aber da knackt es noch mal. Küche.

Das Problem mit Marvin ist: Wir haben eigentlich noch nie so richtig miteinander geredet. Ein paarmal standen wir in Redeentfernung, aber da waren seine Freunde dabei, und mir fiel nichts ein.

Eigentlich war bisher der größte Zweiermoment, als er mir nach der Schule aus dem Bus zugewunken hat. Bisschen doof, dass wir vorher ungefähr zwanzig Minuten vier Meter voneinander entfernt an der Haltestelle standen und kein Wort gesprochen haben.

WAS ICH ÜBER IHN WEIß – TEIL 1:

- Er spielt Fußball. (Okay, langweilig)
- Er ist ziemlich schlecht in der Schule. (Gut. kein Streber)
- Er riecht von Weitem nach Fanta, Haargel und Wurstbrötchen. (Hoffentlich besser von Nahem.)

WAS ICH NICHT WEIß:

- Warum fragt er ausgerechnet mich, ob ich ins Freibad komme?
- Und warum ausgerechnet jetzt?
- Ist er cool, oder tut er nur so?

Es gibt diesen Spruch: Liebe geht durch den Magen. Und es gibt unendlich viele Geschichten über Liebestränke. Kann sein, dass die alle ausgedacht sind, aus Wünschen gestrickt ohne das kleinste bisschen Wahrheit darin. Aber: Was ist mit dem Placebo-Effekt? Es ist nun mal bewiesen, dass Glauben gesund machen kann. Krank ganz sicher. Warum dann nicht was dazwischen, also verliebt? Und reicht es, wenn ich daran glaube?

23

Als Mama und Bernie noch zusammen waren, saßen Janni und ich sonntagmorgens oft im Schlafanzug am Küchentisch und guckten zu, wie Bernie Kaffee kochte. Unten ohne. Irgendein Schlaf-T-Shirt hatte sie an, aber nicht so ein viel zu großes Männer-Shirt, nein. Ein einfaches T-Shirt. Sie bemühte sich kein bisschen, den dunklen, dreieckigen Busch zu verstecken oder ihren wirklich großen Po. Okay, den Po konnte sie sowieso nie verstecken. Bernie ist kein bisschen dick und eher klein. Aber ihr Po ist so groß und rund, dass er eine spezielle Geheimfunktion haben muss. Ein bisschen so wie der Höcker eines Kamels. Ein Ort, in dem Fett, Wasser und Energie für schlechte Zeiten gespeichert werden.

»Ihr müsst eure Hintern atmen lassen!«, sagte sie einmal und fächerte sich mit dem Saum ihres Shirts Luft zu, während die Espressomaschine zischte. Janni kicherte, Pipikacka war noch immer sein Lieblingswort.

»Hintern sind die Körperteile, die am wenigsten Luft und Licht sehen. Und Punanys natürlich. Ständig sind sie irgendwie verpackt. Gebt ihnen ein bisschen Freiheit, zumindest nachts!« Sie guckte kritisch auf unsere Schlafanzughosen. Manchmal schlafe ich seitdem auch unten ohne.

Apopros, ich habe recherchiert:

Punany
Ursprünglich indisches Wort. Klingt irgendwie freundlich. Könnte auch ein Nachtisch sein.

Vagina Falsch! Weil Vagina ist nur der innere Teil. Stand so im Biobuch.

Vulva Richtig. Erinnert mich aber an eine Mischung aus LAVA und VULKAN.

Muschi sagt Mama immer. Ich hab das Gefühl, aus dem Alter ist sie eigentlich raus.

Möse
Klingt irgendwie böse. NEIN.

Scheide
Wie gesagt: VÄRGH.

ES IST VERZWICKT.

Was ich von Bernie lernen will: wissen, wann es Zeit ist, zu kämpfen.

Einmal, Janni war ungefähr fünf, kam Mama unter dem Gewicht meines heulenden Bruders ächzend in die Wohnung. Es war das letzte Kindergartenjahr und Fasching. Thema: Piraten und Meerjungfrauen.

»Was ist passiert?«, fragte Bernie und nahm Mama Janni ab. Sie stellte ihn auf den Boden, hockte sich vor ihn und guckte in sein rotäugiges Kindergesicht, aber Janni fiel in sich zusammen und wurde nur von ihrer Schulter gehalten. Er rotzte irgendwas Unverständliches in ihr T-Shirt, und Mama sagte:

»Der Wettbewerb.«

»Du hast nicht gewonnen?«, fragte ich entsetzt.

»Er durfte nicht mitmachen.«

»Was?«, riefen Bernie und ich ungefähr gleichzeitig, und Janni schluchzte auf, als würde ihn die Erinnerung daran wie ein Piratendolch durchfahren.

»Er hätte als Pirat kommen müssen.«

Janni war die schönste, schimmerndste, die wildeste und allerbeste Meerjungfrau, die man sich vorstellen kann. Ein bisschen Arielle, ein bisschen Nemo, würde ich sagen. Bernie meinte: oben Jeanne d'Arc, unten Forelle. Und das war ein Kompliment. Mama, Bernie und ich hatten ewig an der Perücke rumgefeilt, und am Ende hatte er wunderschöne braune Locken aus gekräuseltem Geschenkband. Stundenlang hatte ich einen Stoffschlauch, den er um die Beine tragen sollte, mit unzähligen Schuppen aus Glitzerpapier beklebt, während Janni die Flosse aus Pappe ausschnitt.

»Es gab zwei Preise, schönste Meerjungfrau für die Mädchen und wildester Pirat für die Jungs«, sagte Mama erschöpft.

Bernie schnaubte. Und das machte mich froh, weil ich auch sauer war und wusste, dass Bernie gleich etwas sagen würde, was ich gesagt hätte, wenn ich drauf gekommen wäre.

»Und was hast du dazu gesagt?«, fragte sie Mama betont ruhig.

»Was soll ich dazu gesagt haben? Ich war damit beschäftigt, Janni zu trösten.«

»Aber du musst doch irgendwas gesagt haben.«

Mama zuckte die Schultern. »Na ja, dass sie uns das auch vorher hätten sagen können.«

Bernie machte ein Geräusch, ein bisschen wie ein Knurren, tief drinnen in ihrem Körper. Dann atmete sie lange aus.

»Janni, guck mich an.« Sie hob mit ihrem Finger sein verrotztes Gesicht. »Wir müssen da noch mal hin. Jetzt.«

Man fühlt sich stark an Bernies Hand, sogar Janni hatte wieder Kraft. Wir marschierten in meinen alten Kindergarten ein: eine verheulte Meerjungfrau, eine wütende Frau mit sehr kleiner Nase und sehr großem Popo und ich. Eine Truppe mit einer Mission und der Überzeugung, einen Sieg davonzutragen. Auf dem Weg guckte ich Bernie immer wieder von der Seite an und versuchte, von ihren Lippen zu lesen, wie sie stumm vorformulierte. Ich liebte ihren wütenden Blick. Ich bekam Herzklopfen und eine breite Brust davon.

»Entschuldigung, wir haben geschlossen – ah, Sie sind's«, sagte die dicke Lenz, die mit den anderen beiden Erzieherinnen am Kindertisch saß und uns aus müden Augen anguckte. »Was ist denn?«

Ich wünschte, ich könnte mich daran erinnern, was Bernie gesagt hat. Janni, die Meerjungfrau, spielte schon längst in der Bücherecke, aber ich stand neben Bernie und ließ ihre Hand nicht los. Bernie war stark, schnell und schmal, die Erzieherinnen träge und langsam, aber ich wusste, wie gefährlich sie sein konnten. Bernie war eine Antilope im Krokodilgehege, aber sie war keine Beute, weil sie keine Angst hatte. Sie war eine Antilope voller Kraft und Wut und Sicherheit. Und all diese Kraft und Wut und Sicherheit floss durch ihre Hand in meine und durch meinen Körper, und ich wurde größer und stärker mit jeder Sekunde. Das weiß ich noch. Aber die Worte? Keine Ahnung. Ich war ja erst sechs.

Irgendwann nickte die dicke Lenz, und Sandra, die ich immer am liebsten mochte, stand auf, gab Bernie die Hand, lächelte, und dann beugte sie sich zu mir und sagte: »Na, Lucie, vermisst du uns auch ein bisschen?« Und dann gingen wir.

Heute bin ich mir ziemlich sicher, dass es in Bernies Vortrag um Freiheit ging. Um das Abschaffen von Regeln, die keinen Sinn machen, und darum, dass auch Kinder normale Menschen sind, die Entscheidungen treffen können, mit denen die Welt dann umzugehen hat.

Danach trafen wir Mama bei Giovanni, um unseren Sieg zu feiern. Und, das weiß ich natürlich noch ganz genau, ich hatte dreimal Pistazie – zu der Zeit kam nichts anderes infrage, allein schon der Farbe wegen.

Giovanni hat das beste Eis in der Stadt, und sein Laden ist mein Happy Place. Seitdem ich denken kann, gehen wir hierher. Zum Feiern an meinem ersten Schultag, zum Trost, als Jannis Meerschweinchen gestorben ist, oder wenn einem Tag der Glanz fehlt. Giovanni geht immer. Sein Laden ist eine Zauberkugel. Ein kleiner, fensterloser Raum mit verspiegelten Wänden und unzählbaren Halogenstrahlern in der Decke. Und egal in welcher Stimmung man reingeht, man kommt glücklicher wieder raus. Und überhaupt: Giovanni. Ein blond gelockter Riese mit den Händen eines norddeutschen Bauern, der behauptet, er sei Italiener.

»Berrnharrdinää! Dörrrtäääää!«, zwitscherte er, als wir reinkamen. »Che belle donne!« Er kam hinter dem Tresen hervor und küsste Bernie und meine Mama zur Begrüßung.

»Kindaa! Wie schon, euch zu sehene!« Dann kam er auf uns zu, und jedes Mal wenn wir Angst bekamen, dass er uns auch küssen würde, winkte er ab und drehte sich lachend Richtung Tresen. »Setzt euch, setzt euch! Was darf ich euch bringen? Wartä!« Er schloss die Augen und legte die Fingerspitzen an seine Schläfen, als würde er sich konzentrieren.

»Janni!« Er sprach es Dschanni aus. »Vaniglia e fragola und Luzifer … dreimal pistacchio?«

Wir liebten seine Show, wir alle. Wir setzen uns, aßen unser Eis, erzählten von unserem Einmarsch in den Kindergarten, und Mama und Bernie lachten und küssten sich. Das weiß ich auch noch, denn normalerweise haben die beiden sich nur zu Hause geküsst. Am Ende ist Bernie oft alleine zu Giovanni gegangen. Ich glaube, die beiden waren so was wie Freunde.

Und in der Woche drauf war noch mal Fasching im Kindergarten, diesmal gab es nur noch einen Wettbewerb für alle, und Janni ging wieder als Meerjungfrau und gewann den Wettbewerb nicht, wurde aber Zweiter hinter irgendeinem Piraten.

Wenn einem das Herz bricht, dann fühlt sich das so ähnlich an wie ein Herzinfarkt. Da wird das Herz nicht mehr richtig durchblutet, und die Brust fühlt sich an, als würde ein dicker Stein darauf liegen. Broken-Heart-Syndrom. Gibt's wirklich, hab ich recherchiert. Das Herz wird oben ganz schmal und beult unten aus, weil das Blut nicht richtig abfließen kann.

An einem Herzinfarkt kann man sterben, und wenn man ihn überlebt, fängt man auf einmal an, Pilates zu machen, Fahrrad zu fahren und keinen Zucker mehr zu essen, weil man Angst hat, den nächsten Herzinfarkt nicht zu überleben.

Wahrscheinlich können Mama und Bernie deswegen keine Freunde sein. Weil sie Angst vor einem Rückfall haben. Und wahrscheinlich kann Bernie deswegen nicht mal mich und Janni besuchen kommen. Die Liebe war einfach zu groß.

24

Es gibt eine Kiste in meinem Regal, darin ist das Wichtigste. All das, was keinen was angeht. Damit niemand auf die Idee kommt, reinzugucken, ist es der Schuhkarton von den Hausschuhen, die Mama mir vor vier Jahren gekauft hat. Nicht in irgendein feines Papier eingepackt, kein Aufkleber drauf, nichts. Und das hat nichts mit Faulheit zu tun oder damit, dass ich in Basteln 'ne Null bin – das ist Tarnung. Die Kiste steht am immer gleichen Fleck, habe ich genauestens, aber fast unsichtbar am Regalbrett markiert, sodass ich sehen würde, wenn sie bewegt wurde. Selbst ich nehme sie so gut wie nie in die Hand. Nur jetzt. Beim Packen für den Umzug.

Ich hebe den Deckel ab, obenauf liegt ein Foto. Oder eigentlich vier. Mama und mein Vater sind in so einen Fotoautomaten gegangen, der viermal blitzt und dann einen Streifen mit vier Bildern ausspuckt. Analog-Selfies. Schwarz-Weiß. Sieht eigentlich ganz witzig aus, mein Vater. Kann aber auch daran liegen, dass man das eben macht im Fotoautomaten. Witzig tun.

Ich vermisse ihn nicht. Wie auch, ich kenne ihn ja kaum. Ich bin auch nicht sauer auf ihn, er ist mir einfach nur egal. Ich denke eigentlich nie an ihn, und wenn, dann stelle ich ihn mir als eine Mischung aus dem Michi, dem Toprak, dem Simon und dem Klaus vor und freue mich, dass er Mama verlassen hat. Sie hat sich noch nie einen richtig guten Mann ausgesucht. Mein Vater war bestimmt keine Ausnahme. Und eigentlich ist das ja schon der Beweis: dass er nicht hier ist. Er schreibt Karten an meinem Geburtstag und an Weihnachten, und ich auch, aber manchmal frage ich mich, wofür. Bernie zum Beispiel schreibt mir nie, und ich glaube trotzdem, dass sie mehr an mich denkt als er. Dabei sind wir nicht mal verwandt.

25

»Glasflaschen sind hier nicht erlaubt«, sagt die Frau an der Kasse und winkt mich zu sich. Sie zieht die Ketchupflasche aus meinem Rucksack und hält sie ins Licht. Peinlich. Hinter mir ist eine Riesenschlange, und alle gucken, was das komische Mädchen in ihrem großen Rucksack ins Freibad schmuggeln wollte.

»Ich, äh, bin Allergikerin.«

Die Frau guckt skeptisch.

»Zusatzstoffe. Meine Mutter hat mir Ketchup gekocht, damit ich Pommes rot-weiß essen kann. So wie alle meine Freunde. Damit ich mich normal fühle. Heutzutage wird man ja wegen allem Möglichen gemobbt.«

Puh. Fing ja ganz okay an, aber gemobbt werden, weil man keinen Ketchup isst? Das ist 'n bisschen dick aufgetragen. Und die gute Bio-Mayo ausm Freibad hat natürlich keine Zusatzstoffe.

Die Frau guckt nicht beeindruckt. »Kann ja sein, Liebchen, aber Glasflaschen sind hier nicht erlaubt.«

Letzte Chance: sehr, sehr trauriger Hundeblick.

»Hm, na gut. Ich bewahr sie hier für dich auf, dann kannst du mit deiner Tüte Pommes vorbeikommen und dir was von Mamas Ketchup drauftun. Nächster.« Sie stellt die Flasche auf ihren Tresen und winkt der Familie hinter mir.

Ich weiß nicht mal, ob Marvin wirklich hier ist. Und selbst wenn ja, und wenn ich es schaffe, dass er von meinem Ketchup isst, wird er wirken? Wohl kaum. Und will ich wirklich, dass er wirkt? Ich will nicht mit Marvin zusammen sein oder so. Bei der Vorstellung, mit ihm knutschen zu müssen, werd ich ganz unruhig. Was für eine dumme Idee, herzukommen.

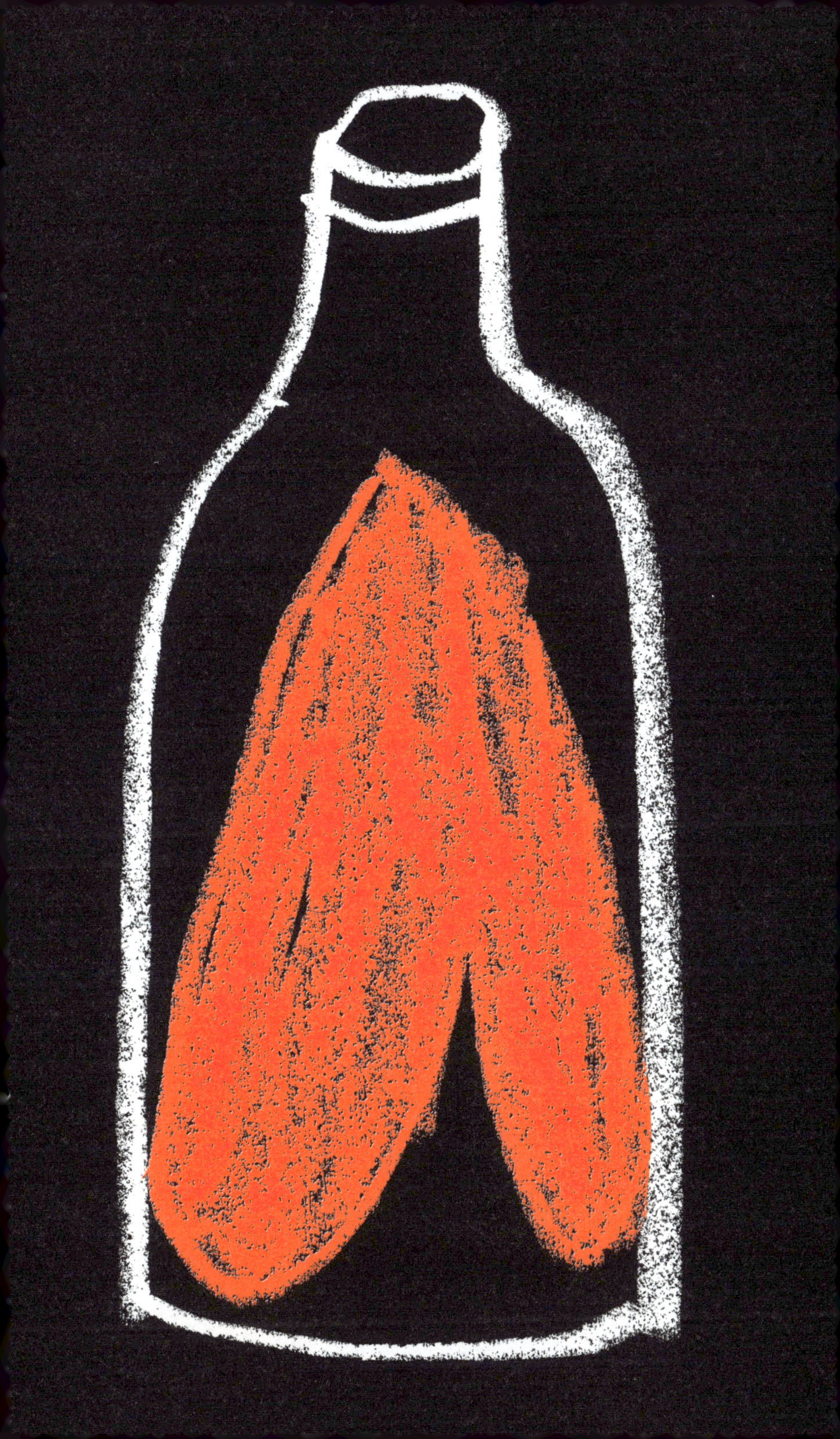

»Hey, Lucie!«

Leo. Der blonde Junge, der mir in Wahlpflicht Marvins Zettel an den Arm geworfen hat.

Ich muss den Kopf heben, um ihm ins Gesicht zu gucken, so dicht steht er vor mir. Leo ist so groß wie ein Elftklässler und so dünn wie ein Stock. Er hat keinen einzigen Muskel, und seine Badehose schlackert ihm um die Hüften. Er tropft und riecht nach warmem Chlor.

»Was machst du denn hier? Ich dachte, du gehst nicht ins Freibad?«

»Hä? Wieso sollte ich nicht ins Freibad gehen?« Ich höre mich schwer genervt an. Das muss der Schock sein, so viel Haut, so nah.

»Nur so. Hab dich hier noch nie gesehen. «

»Na und?«

»Mein ja nur«, er zuckt die Schultern.

»Pickel! Mach hin!«, ruft jemand von weit weg.

»Muss los. Wir liegen dahinten«, sagt Leo und zeigt auf drei parallele Handtücher beim großen Becken. Auf einem sitzt Marvin. »Kannst dazukommen, wenn du willst.«

Leo verschwindet Richtung Klos, ich fühl mich wie eins. Es gibt hundert bessere, witzigere, vielleicht auch einfach nur nettere Antworten auf die Frage *Was machst du denn hier?*. Ich spüre einen kleinen Krampf in der Kehle, weil sie mir im entscheidenden Moment nicht eingefallen sind. Warum ist das manchmal so? Ich hoffe, das wird besser, wenn ich erwachsen bin. Ich glaube nicht, dass Bernie mit so was jemals Probleme hat. Und warum nennen sie ihn Pickel? Er hat gar keine.

Ich suche mir einen Platz unter einem Baum. Natürlich nicht bei den Jungs, weil:

- WEIß NICHT, WORÜBER ICH MIT IHNEN REDEN SOLL.
- WILL NICHT, DASS MARVIN DENKT, ICH WÄRE SEINETWEGEN DA.

- DER POMMES-PLAN WÜRDE GARANTIERT NICHT FUNKTIONIEREN.
- UND VOR ALLEM: SIE SIND FAST **NACKT!!!**

Ich setze meine Kopfhörer auf, breite meine Decke aus, lege mich hin und starre die Blätter von unten an. Die Welt wird zu einem kleinen Punkt. Alles um mich rum schrumpft zusammen, es gibt nur noch das kleine Feld, mein Blickfeld. Es gibt keine Geräusche außer denen, die ich mir ausgesucht habe. Meine Musik. Edith Piaf singt davon, dass man im Grunde immer wieder bei null anfangen kann im Leben. Dass Erinnerungen nur Erinnerungen sind, vergangen und vorbei, und dass nur das Jetzt zählt. Wenn das so ist, kann eigentlich nichts schiefgehen. Morgen ist heute nur noch eine Erinnerung.

Ich höre das ganze Album, erst dann gucke ich rüber zu den drei parallel liegenden Handtüchern. Ist wahrscheinlich Zufall, aber Marvin guckt auch. Kurz. Lang genug für ein kurzes Gefühl in mir. Wie das Knacken von einem Riss, der sich im Herzpanzer bildet. Na klar, ich lass mein Herz doch nicht völlig ungeschützt in die Welt. Aber Marvins Blick geht direkt rein. Und ich will, dass er das Gleiche fühlt, wenn ich ihn angucke. Und wenn Ketchup dabei hilft – von mir aus. Ich muss es zumindest probieren.

Die Pommes sind zusammengewachsen zu einer weichen, fettigen Masse. Abgekühlt und durchgelabbert.

Die Kassiererin am Eingang hat mitleidig gelächelt, als ich mir meinen mitgebrachten Ketchup auf die Pommes geschüttet habe – extraviel. Schätze, sie hat irgendwas gedacht wie: *Hätte sie mal ein bisschen im Dreck gespielt wie ein normales Kind,* weil man dann angeblich keine Allergien bekommt. Mir egal. Und das Zeug schmeckt super!

Weil mir Klinge nie ganz genau erklärt hat, wie der Zauber wirkt, gehe ich nach Logik vor – auch wenn das in Sachen Zauberei vielleicht nicht der erfolgreichste Ansatz ist. Es kommt mir logisch vor, dass der Ketchup diejenigen zusammenbringt, die von ihm essen. Also setze ich mich im Schneidersitz auf meine Decke und esse mit geschlossenen Augen ein paar Pommes. Ich kaue sehr, sehr lange und hoffe, dass die Mischung aus Schneidersitz, geschlossenen Augen und unnatürlich langem Kauen die Magie zur Entfaltung bringt. Gerade will ich etwas summen, weil mir auch das irgendwie passend vorkommt, wenn ein Zauber wirken soll, da merke ich: Es ist was los in meinem Bauch. Da. Ganz sicher. Ziemlich tief unten. Etwas, was nicht leise Anlauf nimmt, sondern gleich voll da ist. Ein Zittern vielleicht. Ich halte ganz still, höre auf zu kauen, mache Platz für das Zittern. Da ist es. Unglaublich. Ein rhythmisches Vibrieren, ein Wummern, das durch meinen Körper geht, und es ist garantiert nicht mein Herz. Es kommt von tiefer unten. Ist das der Zauber? Die Welle? Fühlt sich so echte Liebe an? Das Wummern ist da, ganz deutlich. Es kommt zuverlässig ungefähr einmal pro Sekunde. Ein Grinsen breitet sich auf meinem Gesicht aus, wahrscheinlich sehe ich so aus wie die Verrückte, für die die Jungs mich sowieso halten. Ich fasse es nicht! Es wirkt! Ganz sicher! Irgendwas passiert mit mir!

Ich öffne vorsichtig die Augen, lasse nur einen Spalt Welt hinein, will wissen, ob sie noch die alte ist, und dabei das warme Wummern nicht vertreiben. Meine Sicht ist ein bisschen verschwommen, meine Wimpern reichen in mein Blickfeld hinein, aber ich bin sicher: Alles ist ein bisschen bunter, ein bisschen glitzernder. Sahen die Menschen vorhin nicht irgendwie grauer aus? Ein bisschen grimmiger? Hab das wirklich ich gemacht? Oder ist es mein verliebtes Herz, das meinen Blick benebelt? Es ist mir egal! Ich reite die Welle und kann es kaum erwarten, Marvin zu verzaubern.

Und dann sehe ich sie. Im kleinen Becken. Drei Rentner, bis zur Brust im Wasser, jeder eine rote Schwimmnudel über dem bekappten Kopf in die Luft hebend, Augen auf einen gemeinsamen Punkt am Beckenrand gerichtet. Auf eine Frau in Fitnessverkleidung, die herumhüpft, dass ihr Headset wackelt. Und alle bewegen sich im Rhythmus meines Wummerns!

Ich hebe meinen Kopfhörer an und höre einen harten, scheppernden Beat und einen Bass, der einem in den Bauch donnert. Er kommt ungefähr einmal die Sekunde. Der Fitnessbass! Er hat mich reingelegt!

Zu gerne würde ich den Alten und ihrer Dompteurin den Stecker ziehen, aber ich darf jetzt keine Aufmerksamkeit auf mich lenken. Devise: ruhig bleiben, Plan durchziehen. Wahrscheinlich war die Dosis einfach zu niedrig.

Ich gehe über die Wiese, angestrengt auf der Suche nach etwas, womit ich meinen Blick beschäftigen kann. Wie lang können hundert Meter sein? Ich will da sein und gleichzeitig niemals ankommen. Mein Herz schlägt zu schnell. Es sagt mit jedem Schlag: Ich – bin – bereit, ich – bin – bereit. Los, du kannst jetzt vor dem Bären fliehen, ich pump dir extraviel Blut in die Beine. Das macht überhaupt keinen Sinn, weil es im Freibad keine Bären gibt, aber das hat mein Herz nicht mitgekriegt. Das Herz ist ein vorsichtiges Ding. Es rechnet mit allem. Und vielleicht hat es recht, vielleicht ist Fliehen zu Unrecht in Verruf geraten. Bloß weil es kaum noch wilde Bären gibt, könnte Wegrennen viel öfter eine Lösung sein, als man denkt. Aber ich kann jetzt nicht auf mein Herz hören. Ich gehe weiter, beschäftigt damit, Gleichgültigkeit und Zielstrebigkeit auszustrahlen. Völlig unmöglich.

Marvin tut so, als würde er nicht sehen, dass ich auf ihn zukomme. Mein Glück.

»Boah, kannnichmehr, willsduaufessen?«, rattere ich und halte ihm die feuchte Pappschale hin.

»Was?« Er zieht sich den Stöpsel aus dem Ohr.

»Kann nich mehr. Willst du?«

»Äh.«

Wir gucken auf die gelbe Masse. Die müde übereinanderliegenden Pommes sind zu einem Berg geworden. Zu einem gelben Matschberg, der sich neben dem Ketchup-See erhebt.

»Vergisses«, sage ich, will mich umdrehen, gehen, auflösen, stehe aber starr, und mein Gesicht pocht rot, ich fühle es. Die Hand, die die Pommesschale hält, fängt an zu zittern.

Das Zittern, die Pommes, mein rotes Gesicht, meine Hoffnung auf einen Zauber, wie kindisch! Und welcher Idiot bringt einem fast Wildfremden eine angefangene Schale matschige Pommes? Es fühlt sich an, als würde etwas über mir zusammenbrechen und in Brocken auf mich herabregnen. Ich muss weg, denke ich und verschränke die Arme vor der Brust. Die weich gewordene Schale drückt sich feucht gegen mein T-Shirt.

Eine Sekunde steht die Welt still. Und dann: lacht er. Lacht laut und hell, ich bin nicht sicher, ob mich an oder aus, aber vor allem: Marvin lacht wie ein siebenjähriges Mädchen! Er lacht und lacht, und zwischen den piepsstimmigen Lachern atmet er ein, als würde er einen Luftballon aufpusten wollen. Ich stehe noch immer an der gleichen Stelle, etwas Ketchup tropft von meinem Ellbogen, ich bin den letzten Rest Fassung los.

Und dann, so plötzlich, wie das Lachen kam, endet es auch.

»Klar. Danke.« Marvin streckt die Hand aus.

Ich habe keine Ahnung, ob er das ernst meint. Trotzdem entknote ich langsam meine Arme und reiche ihm die zerdrückte Schale. Die Pommes sehen nicht viel schlimmer aus als vorher. Ich drehe mich um und würde gerne zu meinem Platz rennen, reiße mich aber zusammen. Trotzdem gehe ich etwas zu schnell, um cool zu wirken.

Ich lasse mich auf meine Decke fallen, Kopfhörer auf, Blickfeld verschwommen. Ich kann's nicht fassen. Ich hab's getan. Was genau, weiß ich nicht, aber entweder habe ich:

× den größten Fehler meines Lebens begangen

ODER

× mich völlig und für immer lächerlich gemacht

ODER

× einem hungrigen Menschen was von meinem Essen abgegeben

ODER

× eine wunderschöne Liebesgeschichte gestartet.

Marvin schaufelt sich in der Ferne meine selbst gemachte Liebessoße rein – wenn's gut läuft, geht ihm gleich das Herz auf, und ich kann direkt reinspazieren.

Obwohl. Mal angenommen, sein Herz geht wirklich auf, kann dann nicht jeder einfach reinspazieren? Reicht es, dass ich den Ketchup gekocht habe? Oder dass ich davon gegessen habe? Ich setze mich sicherheitshalber auf und fixiere ihn mit meinem Blick. Guck. Mich. An. Hätte ich neben ihm stehen bleiben müssen, während er isst? Hand auf der Schulter? Es gibt ja so Liebestränke, da verliebt sich der Verzauberte in die erstbeste Person, die er erblickt.

Scheiße. Jessie. Stolziert im Neonbikini mit ihrem Gefolge – in Varianten des gleichen Neonbikinis – direkt vor Marvin auf der Wiese entlang. Er hat sie auch bemerkt und schaut ihr kauend hinterher.

Ich will aufspringen, zu ihm rennen, seinen Blick auf mich ziehen, irgendwas tun, da lassen sich Leo und ein Rothaariger tropfend neben Marvin fallen, greifen in die Pappschale und fangen an, sich die rot getränkten Pommes in den Mund zu stopfen.

26

Zu Hause. Ich sitze auf dem Bett und sehe mein Leben wie einen Film an mir vorbeiziehen.

Ich, wie ich morgen in die Schule komme und drei sabbernde Jungs am Eingang auf mich warten.

Marvin, Leo und der Rothaarige, wie sie vor meinem Haus zelten, Rosenblätter auf meinen Weg streuen, mir die Schultür aufhalten, vor dem Klo auf mich warten, um mich herumschwirren wie Fruchtfliegen um eine gammlige Mango.

Jessie und die Beauty-Clique, wie sie erst sprachlos vor Neid und dann fertig vor Lachen sind.

Ich, wie ich meinen Schulabschluss nur machen kann, weil ich Personenschutz bekomme.

Ich, wie ich in eine andere Stadt ziehe, eine geheime Telefonnummer habe und vierundzwanzig Gesichts-Operationen durchführen lasse, damit mich niemand erkennt.

Die degenerierten Jungs, wie sie zu degenerierten Männern werden.

Ich, wie ich, pleite von den vielen OPs, wieder bei Mama und Michi einziehen muss.

Die drei liebestollen Männer, wie sie sich, aggressiv geworden vor unerwiderter Gefühle, auf der Straße vor unserem Haus zerfleischen wie wild gewordene Hunde.

Ich, wie ich nie wieder dieses Zimmer verlasse, weil vor der Tür der Stärkste von ihnen mit blutunterlaufenen Augen auf mich wartet.

Ich schaue mich um. Das hier ist mein Grab. Ich muss was tun! Klinge muss was tun!

27

»Das ist Ihre Verantwortung! Sie können mir doch nicht einfach eine emotionale Granate in die Hand drücken und nichts darüber sagen, wie sie funktioniert!«
Ich gebe zu, ich bin ein bisschen in Panik. Sehr wahrscheinlich übertreibe ich.

Klinge ist die Ruhe selbst. Er sitzt im Schneidersitz vor mir und guckt mich mit benebeltem Blick an.

»Wer weiß, was da jetzt passiert! So was kann böse enden! Schon mal was von Stalking gehört? Gab's vielleicht zu Ihrer Zeit noch nicht, aber heutzutage drehen die Leute reihenweise durch, wenn ihre Liebe nicht erwidert wird!«

»Willkommen.« Er haucht es mehr, als dass er es sagt.

»Was? Haben Sie mir überhaupt zugehört?«

»Der Kreis der Wissenden besteht jetzt aus mir und dir, Mädchen.«

»Lassen Sie endlich diesen Mädchen-Scheiß. Ich bin kein Mädchen! Also schon, aber ich heiße Lucie, nennen Sie mich Lucie. Das ist mein Name, klar?«

»Natürlich ist er das nicht. Abgesehen davon: Du hast dich entschieden, von mir zu stehlen und meine hochwirksamen, übernatürlich wertvollen, gefährlich ungezähmten Ingredienzien für deinen Zweck einzusetzen. Und jetzt erwartest du, gerettet zu werden, Mädchen, aber nein. Das werde ich nicht. Ich, Luminuszeus Agamemnon –«

»Jajaja – Königliche Hoheit undsoweiter, schon klar! Keine Zeit für Förmlichkeiten, hier geht es um Leben und Tod! Wollen Sie wirklich, dass ein junges Mädchen wie ich sich wegen einer Tomate ihr ganzes Leben verbaut?«

»DRACHENHERZ!«

Äh ja. Natürlich, will ich sagen, aber dazu komme ich gar nicht mehr. Ist es ein Symptom fürs Verrücktsein, dass zwischen trance-artig entspannt und vor Wut explodierend nur eine ganz, ganz dünne Linie verläuft?

Klinge steht vor mir, fuchtelnd, als würde er in Flammen stehen. Seine Augen tun es ganz sicher.

»Du hast noch immer nicht verstanden, Mädchen! Was ist kaputt bei dir? Wo hat dein Hirn sein Loch? Ich kann noch so viel Wissen reinpumpen, es verpufft! Ich sag's dir ungern noch mal: Das Herz, das du von mir gestohlen hast, habe ich, Luminuszeus Agamemnon Klinge Königliche Hoheit von Uralistan, vor genau 166 Jahren aus Don Dragomir, dem gefährlichsten und jahrhundertelang gefürchteten Drachen der östlichen Hemisphäre geschnitten. Es ist das Wirkungsvollste, was die Welt je gesehen hat. Ich bin unter Einsatz meines Lebens in den schlafenden Drachenkörper hineinspaziert wie in einen Tunnel.«

Es ist beeindruckend. Dieser Mann, der zwar alt, aber ganz sicher nicht über hundert ist, kann zeichnen wie ein Gott. Ich meine, Fantasy war noch nie mein Ding, aber ich würde mein linkes Bein dafür geben, so ein Talent zu haben. Egal in was. Außer vielleicht in Kondome mit der Nase aufblasen. Oder Kakteenarten blind mit der Zunge erkennen. Oder alle Sorten Katzenfutter am Geschmack.

»Das ist großartig«, sage ich, ehrlich begeistert.

»Natürlich ist es das! Und wenn du meinst, du kannst meine Beute klauen, damit herumspielen und dann nicht mit den Konsequenzen leben, dann hast du mich geschnitten!«

Mich, denke ich und: Ja, ich habe einen absoluten Spinner vor mir. Niemand wird von Ketchup verliebt. Nichts von dem, was Klinge mir erzählt, nicht seine wirklich fantastischen Fabeltierstudien, nicht seine echt leckeren Rezepte, nichts an seinem ausgemacht durchgedrehten Weltbild ist wahr.

In mir ruckelt sich alles zurecht. Meine Knochen stapeln sich stabil aufeinander, meine Schultern kreisen wie von selbst nach hinten, mein Nacken knackt. Das erste Mal seit meiner Flucht aus dem Freibad schlägt mein Herz in seinem normalen Rhythmus. Ich, Lucie Schmurrer, bin Forscherin an einem Homo sapiens mit einzigartiger Hirnstruktur, und als solche muss ich einen kühlen Kopf bewahren und nicht versuchen, irgendwelche Achtklässler mit schwarzen Klamotten und unangenehmen Lachen zu verzaubern. Ich habe einen Fehler gemacht. Ich habe die Distanz zum Forschungsobjekt verloren. Aber das ist jetzt vorbei. Ich glaube kein Wort mehr. Ich balle kurz meine Fäuste in den Taschen.

»Okay. Sie haben recht. Und es tut mir leid, dass ich Don Dragomirs Herz genommen habe.«

Ich notiere:

Keine Hilfsbereitschaft

↓

Unterdurchschnittliche Mitfühlfähigkeit

FEHLEINSCHÄTZUNG der eigenen LEBENSDAUER

↓

lebt in einer anderen Zeitrechnung?

---

verdreht Redewendungen

↓

Muttersprache Uralisch?

28

»Phönixe. Die Feuervögel. Fantastische Wesen.«

»Und ihre Eier – hmmmmm. Halten jung und frisch, guck mich an!« Klinge hält mir sein Gesicht zu dicht vor die Augen. Uörks. Alte dicke Nasenhaare. Borsten, die sich aus dem Nasenrücken ins Licht schieben. Der Kranz um seine Iris strahlt in einem entspannten Gold.

»Feuervögel, Sonnengötter, Leben und Tod in einem Wesen!«

Dabei stakst er im Kreis durchs Zimmer, ich sitze auf dem Boden, und er steigt bei jeder Runde über meine ausgestreckten Beine.

»Hast du schon mal einen Sonnenuntergang beobachtet, Mädchen? Diese Farben, diese Form. Es ist ein Schauspiel, ein Drama! Eine Tragödie, wenn die Sonne dann wirklich am Horizont verschwindet. Und doch weiß man, dass sie am nächsten Tag wieder genauso schön aufgeht. So ist das auch mit dem Phönix. Er setzt sich in sein Nest und geht unter, dramatisch bis zum Gehtnichtmehr. Brennt ab, der edle Flattermann. Ja, er liebt die Show.«

Richtig liebevoll klingt er.

»Aber weißt du was, Mädchen, was soll's. Wer den Tod überwindet, hat immer recht.« Er meint mindestens genauso sich selbst, das sehe ich.

»Die Leute fragen sich doch ständig, was zuerst da war, Henne oder Ei. Langweilig. Die Frage ist doch eher: Wenn ein Phönix aus dem Ei schlüpft, das er selbst gelegt hat, läuft seine Zeit dann rückwärts? Immerhin wird er von einem alten Vogel zum Küken. Denk da mal drüber nach.«

Egal ob Klinge verrückt ist oder nicht; auf jeden Fall schenkt er der Menschheit ein paar hirnumwälzende Fragen.

»Jedenfalls, diese Feuershow, die verrät den Vogel. Wenn du in

der Dämmerung ein einsames Lagerfeuer siehst, egal wo – Strand, Wald, Wiese, Park –, ist die Wahrscheinlichkeit ziemlich groß, dass sich da gerade ein Phönix verbrennt. Du wartest also, bis das Feuer ausgeht, und aus der Asche ziehst du …«

Klinges Augen strahlen, sein Mund ist weit aufgerissen, seine Tennisschlägerhand taucht tief in eine Hosentasche ein.

»… das hier! Ein Phönixei!«

Eine Kartoffel. Er hält eine Kartoffel in der Hand. Vorwiegend festkochend wahrscheinlich. Und er: stolz wie Knolle.

Klinge steht starr, hält aus, genießt den Moment.

In mir fühlt sich etwas komisch an, ich brauche kurz, um zu verstehen, was es ist.

Es gibt diese Momente, in denen man jemanden, den man schon immer kennt, auf einmal ganz neu sieht. Und denkt: krass. Meine Mutter war auch mal ein normaler Mensch. Ohne Kinder. Oder wenn man die Unglaublichkeit von etwas bemerkt, was man jeden Tag tut: Ich kann wirklich in dieses handtellergroße Smartding reinsprechen, und am anderen Ende der Stadt hört mich einer. Was für ein krasses Etwas. Oder: Zeit. Ist doch irgendwie auch nur ausgedacht. Sekunden, Minuten, Stunden sind doch gar nichts Echtes. Haben sich nur alle irgendwie drauf geeinigt. So wie Geld. Ist doch nur Papier eigentlich. Und auf einmal kommt mir die Frage, ob die Zeit für einen Phönix rückwärts läuft, völlig gerechtfertigt vor. Wir sind Zeit einfach so gewohnt, sie ist nicht wegzudenken, einfach immer da und läuft immer vorwärts. Da denkt doch keiner mehr drüber nach, wie es wäre, wenn es anders wäre, und ein bisschen kribbelt's auch nervös im Hirn, wenn man es versucht. Aber eins ist klar: Wenn wir ganz sicher nicht alle Arten von Leben kennen, weil wir immer nur denken können, was wir wissen, warum sollten wir dann alle Arten von Zeit kennen?

Plötzlich knallt ein Zucken durch meinen Körper, automatisch atme ich scharf ein und erst mal nicht wieder aus.

»Aufwachen, Mädchen!«

Ich atme aus und wieder ein, wäre ich ein Hund, würde ich mich schütteln. Ich fühle mich wie durchgelüftet. Das Denkknäuel in meinem Hirn hat sich aufgelöst. Es ist auf einmal völlig logisch. Backkartoffeln! Das macht man doch so! Endlich eine sinnvolle Erklärung. Zeit hin, Zeit her, Klinge hat eine total normale Kartoffel in einer total normalen Situation gefunden und sich seinen Reim darauf gemacht.

Szenario: Eine paar gestresste Stadtmenschen wollen einen netten Abend am – sagen wir – Fluss verbringen. Back to nature und alles, einfach mal runterkommen vom Burn-out. Sie machen ein Lagerfeuer, sitzen drum rum, vielleicht hat einer eine Gitarre dabei, und die anderen können ihn nicht davon abhalten, *Country Roads* zu spielen. Das Feuer brennt runter, endlich können sie ihr Gemüse backen und sich tierisch abenteuerlich fühlen. Aber dann hören sie was im Gebüsch knacken – und haben sofort die Hosen voll. Sie gucken, sehen nichts, hören etwas pirschen. Sie denken an Tiger, Schlangen, Wölfe, und das ist ihnen dann doch ein bisschen zu viel Natur, und sie rennen. Sie lassen das Feuer zurück, verschwenden keinen Gedanken mehr an ihre Backkartoffeln, und als Klinge durch das Gebüsch bricht, findet er: ein dickes rundes Phönixei im Feuer. Und das einfach nur, weil er keine Ahnung von Burn-out und Landlust hat, weil er keine Vorstellung davon hat, von was man überhaupt runterkommen könnte. Er weiß: Phönix was here. Wer sonst sollte ein Ei ins Feuer legen?

Aber wie kommt er auf Ghulaugen und Drachenherzen?

Ich notiere:

Klingelogik ≠ Logik

29

»Luuucie, heute ist Donnerstag«, sagt der Michi, als hätte er das unter großen Anstrengungen extra für mich so eingerichtet.

Er sitzt schon wieder am Tisch mit uns. Nicht einmal die Zeit vor dem Einzug ist Michi-frei.

»Ja. Und?«

»Donnerstaaag«, säuselt er noch mal vielsagend.

»Ja, Michael, Donnerstag.«

»Och, komm, du weißt doch, dass ich das nicht mag. Hört sich so streng an«, sagt er und lacht laut. »Für dich doch der Michi, hm?!«

»Okay. Der Michi.«

»Donnerstag ist Saunatag, Lucie! Du wolltest doch immer mal mitkommen. Hebt auch die Stimmung, sag ich mal.« Er lächelt mich an. Und ich frage mich, wie es sein kann, dass einer zwar merkt, dass man ständig schlechte Laune hat, wenn er in der Nähe ist, aber nicht auf die Idee kommt, dass das was mit ihm zu tun haben könnte.

»Nee danke, heute nicht.«

»Du, das ist echt super fürs Immunsystem, hält jung und fit.« Lacher Nummer zwei. Dabei stößt er mir allen Ernstes seinen Ellbogen in die Seite. Schon klar. Weil ich ja eh noch jung bin. Ich hau mich weg.

»Nächste Woche vielleicht. Heute nicht«, sage ich.

Natürlich würde ich mich niemals nackt mit ihm und Mama in eine heiße Holzkiste setzen. Das habe ich auch schon tausendmal gesagt. Und gelernt: Meistens ist es schlauer, statt Nein *wahrscheinlich, bestimmt* oder *ein anderes Mal gerne* zu sagen. Damit hält man sich Grundsatzdiskussionen vom Leib.

»Lass sie, Schatz, sie hat vielleicht einfach keine Lust.«

Ja, vielleicht. Danke, Mama. Ich will aufstehen, gehen, das Gespräch dürfte beendet sein.

»Ach!«, der Michi reißt auf einmal die Augen auf, als hätte er etwas verstanden. Endlich. Dann spricht er etwas leiser weiter.

»Hast du gerade deine Mens?«, fragt er ernst und legt seine Hand auf meine Schulter. Es läuft mir kalt den Arm runter. Ich rühre mich nicht.

»Deine Periode, meine ich. Oder, wie sagt man«, er guckt suchend zu Mama, die nichts sagt. »Monatsblutung?«

»Ich WEISS, was du meinst!«, presse ich hervor.

»Dann ist Sauna auch wirklich nicht das Richtige. Also, soweit ich weiß. Kreislauf und so.« Er zwinkert mir zu.

Zwinkert.

Ich stehe auf wie ferngesteuert, komme bis zum Türrahmen, da Schockstarre. Michael schiebt sich an mir vorbei, Saunatasche packen. Ich fühle, wie mein Gesicht anfängt zu glühen.

Mama klappt den Geschirrspüler zu und kommt in meine Richtung. »Süße, du würdest mir doch sagen, wenn du deine Tage bekommen hast, oder?«

»Was? Keine Ahnung!« Ich drehe mich um und gehe in mein Zimmer.

Was zur Hölle ist mit den Leuten los? Dreizehn Jahre lang hat mich niemand nach meinem Körper gefragt, und jetzt, wo er anstrengend wird, soll ich darüber reden? Mit Mama und dem Michi?

»Lucie! Telefon!« Janni ruft.

Hä? Wer ruft mich denn auf dem Festnetz an? Wer ruft überhaupt an?

»Ein Juungeee!«

Ach du Scheiße.

Ich nehme den Hörer im Flur entgegen. Meine Hand schwitzt.

»Hallo, hier ist Marvin.«

Klick, aufgelegt. Ganz automatisch. Hörer vom Ohr genommen, roten Knopf gedrückt.

Oh nein. Ohneinohneinohnein – sonst nichts in meinem Kopf.

Das Telefon klingelt.

»Hallo?«

»Lucie?«

»Ja.«

»Du warst gerade weg. Hier ist Marvin.«

»Ja. Wir haben 'ne Störung in der Leitung. Kann jederzeit wieder passieren.«

»Ah. Okay.«

Gibt es was Schlimmeres, als wenn zwei schweigen, weil niemand weiß, was man sagen soll? Ja. Wenn genau das am Telefon passiert.

Was will er? Woher hat er überhaupt meine Nummer? Hoffentlich will er nicht mit mir Eis essen gehen oder so. Mich alleine treffen. Das wäre furchtbar. Was soll ich dann sagen? Verdammt, Klinge hat also doch recht, der Zauber hat Marvin völlig verrückt nach mir gemacht.

»Hab deine Nummer von Jessie. Dein Ketchup. Du hast ihn im Freibad vergessen, und die Frau an der Kasse hat ihn mir mitgegeben. Hat wohl gesehen, dass wir gesprochen haben. Wusste gar nicht, dass du Allergikerin bist.«

»Ach so, äh, ja. Zusatzstoffe.«

»Echt? Krass. Ich Pollen. Aber is ja zum Glück nich mehr die Zeit.«

»Ah. Ja. Zum Glück.«

»Wir fahren übernächste Woche in die Toskana, kannst den Ketchup vorher abholen kommen, wenn du willst. Ist doch praktischer als in die Schule mitbringen, dachte ich.«

»Äh, ja, okay, klar, mach ich. Praktisch. Dann bis dann.«

»Lucie?«

»Ja?«

»Weißt du, wo ich wohne?«

»Ach ja! Nein. Wo?«

»Im Neubaugebiet. Prinzenstraße 11.«

»Ja.«

»Dann bis dann.«

»Marvin!«

»Ja?«

»Aber nichts von dem Ketchup essen!«

»Äh. Okay.«

»Ja, weil, ich kann ja keinen anderen essen. Und wenn der leer werden würde ...«

»Klar, versteh schon. Kein Problem. Bis dann.«

»Tschüss.« KLICK.

Marvin. Hat. Angerufen. Ich. War. Peinlich. Jetzt nicht ausflippen.

Seine Stimme war normal. Er war weder verwirrt noch irgendwie schleimig. Er hat nur angerufen wegen meinem Ketchup. Und das widerspricht der seit Jahrzehnten, ach, wahrscheinlich Jahrhunderten gültigen Regel, dass Menschen sich, zumindest solange sie zur Schule gehen, ausschließlich für Menschen interessieren, die ihrem Popularitätsgrad entsprechen. Ich spiele nicht in Marvins Liga. Ich bin in der Siebten, ich habe keine Freunde. Ich habe keine Brüste und kaum Achselhaare. Jessie, ja, die wäre logisch, aber ich? Das grenzt schon fast an Zauberei.

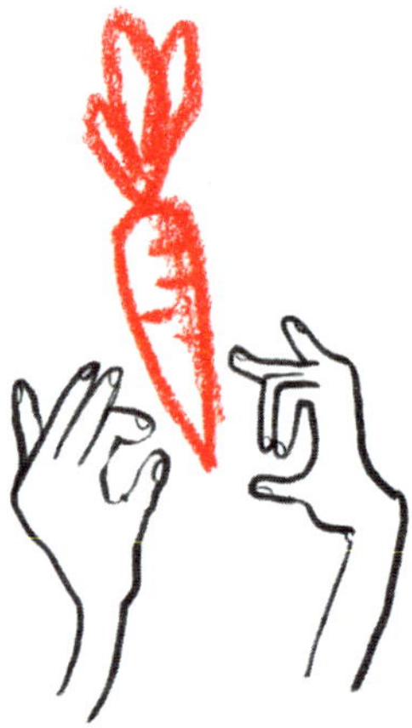

30

Die Woche besteht aus Klinge-Wahnsinn, neuen Rezepten (unter anderem: Kraft durch Power, Glittergratin, Tarnpenade, Unsicht-Bar) und Vermeidungstaktiken.

Ich kann gut:

1. Nicht ohne Hausaufgaben erwischt werden. (Blendetaktik: einmal die Woche machen und strebermäßig vortragen. So wird man den Rest der Woche nicht überraschend drangenommen.)
2. Dem Michi auf engstem Raum aus dem Weg gehen. (Spiegeltaktik: bei Blickkontakt sein Lächeln imitieren erhöht die Chancen, in Ruhe gelassen zu werden.)
3. Nicht daran denken, dass es ein bisschen ist wie Mama verlassen, wenn ich nach Berlin gehe. (Verdrängungstaktik: Kopf füllen, bis kein Platz mehr ist.)

Ich kann nicht so gut:

Die Ketchup-Situation ignorieren. Wer auch immer mir da was sagen will: Ist ja gut! Ich weiß, dass ich da hinmuss! Ich weiß, dass mit jedem Tag die Chancen, dass der Marvin-Vater sich MEINEN Ketchup auf sein Spiegelei kippt, steigen. Aber deswegen muss mir Marvin nicht auf einmal DAUERND über den Weg laufen. (Im Supermarkt, bei Giovanni, im Bus zu Klinge, es reicht!)

31

Ich würde gerne kurz mit Klinge darüber reden, ob er einer ist, der an Zufälle glaubt, aber als ich reinkomme, ist klar: Er hat anderes vor.

»Zieh an.«

Ein Motorradhelm knallt mir in den Bauch.

Das Nebenzimmer ist so eine Art Zauberhut, ständig zieht Klinge irgendwelche überraschenden Gegenstände daraus hervor.

»Machen wir 'ne Tour?«

Er ist schon wieder im Zauberzimmer verschwunden und ruft: »Wir gehen auf Ghul!«

Cool, Ghul, denke ich und schüttle den Kopf über meinen laschen Reim.

»Nicht hingucken, Mädchen!«, zischt Klinge, als wir unten auf dem Gehweg ankommen. Am Straßenrand vor Klinges Block steht ein schwarzer SUV, der übertrieben wirkt in der Reihe bunter Kleinwagen. Er gehört hier nicht her. Eine Frau mit strengem Pferdeschwanz und Sonnenbrille sitzt drin. »Spioniert mich seit Tagen aus, die Schlange.«

Ehrlich gesagt, wenn die Frau vom Geheimdienst ist, hat sie 'ne echt miese Tarnung. Wir sind allerdings auch nicht gerade unauffällig.

»Sicher, dass wir tarnungsmäßig die richtige Strategie fahren?«, frage ich vorsichtig.

Klinge sieht aus, wie man sich einen Gärtner vorstellt, wenn man noch nie einen echten Gärtner gesehen hat. Dunkelgrüne Latzhose, gelbe Gummistiefel, großer Strohhut. Vor sich her schiebt er eine Schubkarre, in der zwei Motorradhelme liegen. Ich trage eine zu große Lederjacke und eine Boombox. Starkes Wort, hab ich von Bernie. Die würde ausflippen, wenn sie dieses Exemplar sehen würde. Sie liebt die Teile, hat selber drei, die wie Ausstellungsstücke bei uns in der Wohnung standen. Klobige Monster, die Kassetten – Geschwister von Floppy Disks und die Urgroßeltern von iPods, sagt Bernie – fressen und übel schepprigen Sound ausspucken. Klinge hat das schwere Ding aus dem Nebenzimmer gezaubert und mir in die Hand gedrückt.

Die Pferdeschwanzspionin guckt uns nicht an. Das ist ziemlich auffällig, weil: Alle anderen Menschen, die uns auf der Straße begegnen, starren, drehen sich nach uns um, tuscheln ein bisschen.

Klinge antwortet nicht auf meine Frage, schiebt bloß stumm die quietschende Schubkarre.

Wir gehen durch ein kleines Holztor auf den Friedhof, es muss ein Nebeneingang sein. Sofort fühle ich mich wie ein Eindringling. Alles ist anders. Alles steht still. Es riecht nach den Tannennadeln, die ich mit jedem Schritt in den sandigen Boden trete, und ein kleines bisschen nach frischem Schnee. Trotz Sommer. Ich will mich viel langsamer, vorsichtiger bewegen. Leise atmen, nicht aufschauen. Das Einzige, was hier leben darf, sind die Bäume. Die stehen einfach, lassen sich ihre Lebendigkeit kaum anmerken. Man will die vereinzelten Vögel, die von den Ästen zwitschern, verscheuchen oder ihnen zumindest verbieten zu singen. Hier wird nicht gesungen, hier ist Tod. Hier, das muss man ihm lassen, ist Klinges Verkleidung dann doch wieder Tarnung. Sein Verhalten nicht. Er springt zwischen den Grabsteinen umher wie ein Känguru auf Red Bull. Zum Glück ist nichts los, kein Mensch da, ich stehe trotzdem etwas steif in der Gegend rum.

»Hier ist eins!«, ruft Klinge glücklich. »Zehn Jahre alt geworden – dürfte funktionieren. Komm ran!«

Ich notiere:

Umgang mit dem Tod – ungehemmt
Mögliche Gründe:

- Abstumpfung
- Gefühlskälte
- absolute Akzeptanz des Lebenskreislaufs

Ich schiebe die Schubkarre in seine Richtung. Mir ist gleichzeitig heiß und kalt unter der schweren Jacke. Der Ledergeruch steigt mir in die Nase, und ich denke an die Kuh, deren Haut ich gerade auf meinen Schultern trage, und an die toten Menschen, deren Haut vielleicht so ähnlich aussieht.

»Irgendwie geht's mir nich so gut.«

»Ach was, hat doch noch gar nicht angefangen. Komm, stell das Musikgerät hier auf.«

»Ich glaub nicht, dass das hier so gerne gesehen wird.«

»Papperlapapp.« Klinge greift sich den Gettoblaster und stellt ihn auf den Grabstein. »Es ist Dienstagabend, kein Mensch geht um diese Zeit auf den Friedhof.«

*Ron Jannis Picker, *4.6.2007–22.2.2017*, steht auf dem Grabstein.

Puh.

»Ich glaube, das ist sogar verboten. Störung der Totenruhe oder so.«

Ich gehe ein paar Schritte zurück. Irgendwie kann ich es gerade nicht ertragen, dass direkt unter mir eine Leiche liegt. Ein Kind, gerade erst gestorben. Und warum muss er Jannis heißen? Woran stirbt man mit neun? An einem Gehirntumor? Einem Fahrradunfall? Wer muss jetzt mit dem leeren Platz am Esstisch leben, den dieser Ron hinterlassen hat? Mir zieht es kalt und dunkel durchs Herz.

Es ist Quatsch, ich weiß das. Ich stehe auf einem Friedhof, hier liegen hauptsächlich Körper von alten Leuten, Leute, die ihr Leben gelebt haben. Es kann völlig in Ordnung sein zu sterben. Und auch wenn hier ein paar Menschen liegen, die viel zu früh gestorben sind, hat das doch mit mir nichts zu tun. Ich spüre trotzdem diesen Druck hinter den Augen und merke, dass ich nicht mehr richtig atme.

»Wir müssen sie verwirren, ihre Orientierung stören, sie richtig nerven«, ruft Klinge aufgeregt und drückt mir einen Motorradhelm in die Hand.

»Aber warum hier? Können wir es nicht woanders versuchen?«

»Auf keinen Fall! Willst du Ghuls die Augen klauen, musst du bei den Kindern schauen!« Er nimmt seinen Strohhut ab, presst seinen Kopf in den Helm, öffnet das Visier. »Sie sind hier, Mädchen! Und nicht irgendwo anders. Fressen Kinderleichen, so ist das nun mal. Hast du die Löffel?«

Ich hebe meine Arme etwa auf Hüfthöhe, in jeder Hand einen Teelöffel, der Helm baumelt an meinem Arm.

»Ich hab dir gezeigt, wie es geht: Köpfe zwischen die Beine klemmen und dann mit den Löffeln vooorsichtig die Augen herausarbeiten. So wie man ein weiches Ei auslöffelt. Aber noch vorsichtiger! Die Jacke sollte dich vor den übelsten Rotzattacken schützen, aber bleib beweglich!« Er geht in die Knie, streckt die Arme aus – auch er hat in jeder Hand einen Löffel – und verlagert sein Gewicht von

einem aufs andere Bein. Sieht ein bisschen aus wie Skigymnastik. In Latzhose und mit Motorradhelm. Mir ist schlecht.

Es stimmt, er hat sie mir gezeigt, seine Aufzeichnungen zum Thema Ghul-Jagd. Trotzdem bin ich etwas überfordert, jetzt wirklich Kinderseelen fressende Vampire auf dem Friedhof zu fangen, um ihnen die Augen aus den Höhlen zu löffeln. Ich gebe zu, ich bin nicht besonders belastbar.

»Du musst schneller sein als sie, immer ein kleines Stückchen voraus.«

Er ist aufgeregt, freut sich – ich glaube nicht, dass diese Gefühlslage an diesem Ort besonders gängig ist.

Dann höre ich das KLACK, als er eine Kassette in den Rekorder einlegt, und schon scheppert es los. Ich kenne das Lied nicht, irgendwas mit »Maniac« und »Dancefloor«, hektische Beats, irgendwas Uraltes. Klinges Kopf zuckt im Takt. Es ist wahnsinnig laut. Ich möchte im Boden versinken. Oder vielleicht lieber nicht.

Klinge ist angriffsbereit. Er geht tief in die Knie, späht um sich, lässt die Löffel durch die Luft fahren wie ein Samurai sein Schwert.

Ich kann mich nicht bewegen, der Helm hängt noch immer schwer an meinem Arm, es ist unglaublich anstrengend, die Löffel in der Hand zu halten.

»Lucie?«

Die Stimme kommt mir bekannt vor. Das darf nicht wahr sein. Ich schließe die Augen.

»Lucie, bist du das?«

Ich tue so, als hätte ich nichts gehört. Kann doch sein – die Musik ist so laut, wie soll man da was hören. Doch da macht es KLACK, und die Musik ist aus.

»Hallo!« Das ist Klinges Stimme, ich öffne die Augen. Er hat seinen Helm wieder gegen den Strohhut getauscht und kommt winkend auf mich zu.

»Das ist ja eine Überraschung! Und das an einem ganz gewöhnlichen Dienstag. Nie kann man ungestört arbeiten – haha!« Ironie kann Klinge nicht. »Stell mich doch mal deinem Freud vor, äh, Lunzie.«

Ich drehe mich langsam um. Wie ein mit Klamotten behangener Stab steht Leo auf dem Weg.

»Hallo! Ich bin Leo.« Er kommt ein paar Schritte näher und streckt seine Hand aus. »Starker Sound.«

Starker Sound? Und warum klingt Leo so entspannt? Als wäre das hier nicht durchgedreht, geschmacklos und völlig daneben. Warum hat er nicht mal ein klitzekleines bisschen Angst?

»Leo! Was für ein Name. Na ja, mach dir nichts draus. Ich bin Felix Freiherr von Stumpfensippel, Lunzies Onkel.«

Die beiden schütteln sich die Hand, ich bin gelähmt. Ein Löffel rutscht mir weg, und ich kann nichts dagegen tun. Mit einem stumpfen Ton landet er auf dem sandigen Boden. Leo guckt ihm hinterher.

»Weißt du, Leo, die kleine Lunzie, meine Nichte, wollte mich unbedingt mal bei der Arbeit besuchen. Ich bin hier der Oberparkwächter, musst du wissen, halte alles beieinander und die Stimmung hoch.«

»Ah.« Leo nickt sehr langsam.

»Ich hab ihr ausdrücklich gesagt, das mit der Musik geht hier nicht, Störung der Totenruhe, aber du kennst sie ja, die Kleine.« Klinge haut mir dreimal auf den Kopf und wuschelt mir dann ungeschickt durchs Haar.

»Na ja, du musst weiter, tschüss dann, Leo!« Er donnert Leo seine Hand gegen die Schulter, gibt ihm einen kleinen Stoß und dreht ab.

Leo bleibt stehen, ich gucke ihm das erste Mal in die Augen. Versuche sie zu lesen.

Abscheu?

Panik?

Ekel?

Oder rosa Ketchup-Wolken?

Aber ich finde nichts davon. Eher so was wie … freundliche Belustigung? Ich versuche, stumm zu sagen: *War nicht meine Idee. Ich weiß, es sieht verrückt aus, aber es ist nicht das, wonach es aussieht.*

Es ist schlimmer als das.

»Lunzie! Kommst du bitte!«, ruft Klinge von hinten, den Gettoblaster in die Schubkarre geladen, bereit zum Abzug.

»Ciao«, sage ich leise.

»Bis dann«, sagt Leo, und ich bin froh, endlich wegzukönnen.

Auf dem Heimweg sprechen wir nicht. Ich weiß, dass Klinge mir die Schuld gibt, dass wir mit leeren Taschen zurückkehren. Als hätte ich Leo auf den Friedhof bestellt, um unsere Ghuljagd zu sabotieren. Und dann tut er so, als wäre alles meine Idee gewesen. Leo muss mich für völlig durchgedreht halten. Gut, ehrlich gesagt, hatte ich sowieso nichts mehr zu verlieren nach den Supermarktvideos. Und – auch gut – er wirkte nicht so, als hätte ihn die Ketchup-Katastrophe emotional irgendwie beeindruckt. Wobei. Was hatte er da überhaupt zu suchen? Ich meine, welcher normale Mensch treibt sich Dienstagabend auf dem Friedhof rum?

Und Freiherr von Stumpfensippel?

Ich notiere:

WAS MAN VON KLINGE LERNEN KANN:

kreative Lösungen in brenzligen Situationen finden.

32

Auf meine ersten Achselhaare musste ich lange warten. Jetzt klemmen fünf von ihnen zwischen den silbernen Klingen eines rosa Einwegrasierers. Seit Monaten lag der Fünferpack in meinem Schreibtisch und wartete auf seinen Einsatz. Anders als die schwarzen, sind die rosa Rasierer auf die weiblichen Bedürfnisse abgestimmt und haben einen hautberuhigenden Coolingstreifen – das hat mich überzeugt –, auch wenn sie viel teurer waren. Ich muss sagen, dass ich mit der Entscheidung bisher sehr zufrieden bin. Die Haare sehen großartig aus, vor allem im abrasierten Zustand; sie sind der Beweis, dass ich endlich älter werde. Ich wünschte, sie wären nicht dunkelbraun, sondern richtig schwarz, und ich wünschte, sie würden sich locken. Aber vielleicht braucht das einfach noch ein bisschen Zeit.

»Bis dreißig hatte ich keine Ahnung, wie meine Achselhaare eigentlich aussehen! Ich meine, das kann doch nicht sein! Man kann sich doch nicht gegen etwas entscheiden, was man nicht kennt! Vor allem nicht, wenn es zum eigenen Körper gehört! Da hat sich die Natur doch was bei gedacht, das kann man nicht einfach ignorieren!«

Ich war neun, damals habe ich noch nicht verstanden, was die Natur sich bei Körperbehaarung gedacht haben könnte. Jetzt weiß ich: Früher, als die Menschen noch nicht so viele Worte hatten, haben sie aneinander geschnuppert, um sich kennenzulernen. Um herauszufinden, ob sie zusammenpassen. Achselhaare sind dazu da, Schweißtropfen auf einer möglichst großen Oberfläche zu verteilen. Je mehr Achselhaare, desto mehr kann man über sich sagen, ohne zu sprechen. Problem: Man weiß selber nicht genau, was man da gerade über sich selbst erzählt. Es läuft alles auf einem völlig unkontrollierbaren Level ab. Wenn man sich rasiert, behält man die Kontrolle.

Trotzdem habe ich auf einmal ein schlechtes Gewissen. Ich spüle die Haare aus den Klingen und kratze eins vom Coolingstreifen. Okay, gut. Vielleicht lasse ich sie wachsen. Einmal, für Bernie.

»Mensch, klasse, du siehst ja richtig schick aus! Hast du was vor?«

Das, genau das ist der Grund, weswegen ich hier wegwill. Also einer. Die Kommentare. Alles muss kommentiert werden. Warum? Weil ich ein Kind bin? Es ist mir egal, ob ich in Michis Augen schick oder scheiße aussehe, ich will nicht drüber reden. Ich lass ihn doch auch Wollsocken in Fake-Birkenstocks tragen. Aber das scheint ja eh so eine Regel zu sein: Jede Entscheidung, die man trifft, bevor man erwachsen ist, darf von jedem Erwachsenen kommentiert werden. Ohne Rücksicht. Was ist mit Privatsphäre?

»Ich meine ja nur.« Der Michi haut mir auf den Rücken. »Sonst bist du ja eher so der praktische Latzhosen- und Pferdeschwanz-Typ.« Er lacht.

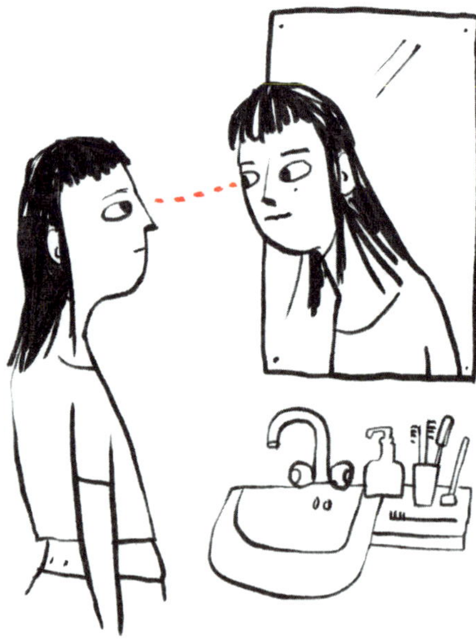

Ich weiß nicht, was er mir damit sagen will, und gucke ihn nur an.

»Versteh mich nicht falsch«, sein Lachen ist verschwunden, seine Hand liegt auf meiner Schulter, »du siehst immer gut aus. Nur habe ich dich noch nie mit so einer ... Haarfrisur ... gesehen.«

Meine Haarbalgmuskeln ziehen sich zusammen, die Epidermis schwillt leicht an, jedes einzelne Haar an meinen Armen richtet sich auf – Gänsehaut. Niemand weiß, warum Menschen Gänsehaut bekommen, wozu sie gut ist. Ich weiß: Ich krieg sie vom Michi. Von so Wörtern wie Haarfrisur. Merkt der gar nichts? Macht null Sinn. Was denn sonst für eine Frisur? Ich weiß nicht, was da bei ihm schiefläuft, aber ich kenne niemanden, der so viele sinnlose Wörter benutzt.

Fußzeh. Ein Zeh ist verdammt noch mal immer am Fuß. Sagt ja auch niemand Handfinger.

Fetakäse. Chai-Tee. Salamiwurst. Schwachsinn.

Und warum kann man nicht mal die Haare offen tragen, ohne darüber reden zu müssen? Außerdem: Ist man ein Latzhosen-Typ, wenn man *eine* verdammte Latzhose besitzt?

»Bin heute Abend wieder da«, sage ich und schließe die Tür hinter mir. Auf der Straße binde ich mir die Haare zusammen.

33

Den gesamten Weg lang muss ich mir vorstellen, wie Marvin mir mit einem völlig benebelten Lächeln die Tür öffnet, wie er vor mir auf die Knie fällt und kein gerades Wort herausbekommt, wenn er mich sieht. Obwohl ich eigentlich schon lange darüber hinweg bin zu glauben, dass der Ketchup einen Zauber in sich hatte. Aber wird er mich umarmen wollen zur Begrüßung? Ich werde versuchen, das mit einem seriösen Handschüttler abzuwehren. Was, wenn er mich küsst? Gilt es als sexuelle Belästigung, wenn herauskommen würde, dass ich es selbst eingefädelt habe?

Ob Leo ihm schon erzählt hat, dass ich hobbymäßig mit meinem Onkel 80er-Jahre-Musik auf Kindergräbern höre?

Mein Herz klopft so schnell und hart gegen meinen Brustkorb, das kann man garantiert von außen sehen. Ich klingle und verschränke die Arme vor der Brust, um es zu verstecken. Einundzwanzig, zweiundzwanzig, dreiund–

Marvin öffnet.

»Hi«, sage ich, und er auch, und dann kommt er auf mich zu, hebt den Arm, legt seinen Kopf ein Stück zur Seite, um meinem Platz zu machen, und es geht alles viel zu schnell, um darüber nachzudenken, aber ich hebe meinen Arm auch und klatsche mit meiner Hand in seine. Das Geräusch dazu und die Scham darüber, dass ich schon wieder etwas falsch verstanden habe, durchfahren mich gleichzeitig. Er wollte mich wirklich umarmen. Ich ihn nicht. Und schon ist es kompliziert.

»Ketchup?«, sage ich.

»Ja, komm rein, ich zeig dir was.«

»Okay, aber ich muss dann auch gleich wieder los.«

»Ja, ja, entspann dich.«

Ich gehe ihm hinterher in den Flur.

Flure riechen eigentlich immer nach den Menschen, die in der Wohnung oder im Haus leben. Man denkt, der eigene Flur riecht nach nichts, aber das ist nur so, weil er nach einem selbst riecht und das etwas ist, was die eigene Nase ausblendet. Sonst würde man ja nie nichts riechen. Und dann würde man durchdrehen. Man muss lange weg sein, und wenn man dann wieder in seinen Flur kommt, dann weiß man, wie man für andere riecht. Als Bernie bei uns gewohnt hat, roch unser Flur ein bisschen mehr nach Zimt und Wolle als vorher und nachher.

Wenn ein Flur nach Putzmitteln riecht, ist das schade, weil es ein bisschen so ist wie eine Maske aufsetzen. Oder sich selbst wegschrubben. Man zeigt nicht seinen wahren Duft. Ich muss kurz an meine abrasierten Haare im Abfluss denken.

Marvins Familie riecht nach Schwimmhalle und Kunstleder, es beißt ein kleines bisschen in der Nase.

»Komm durch, is niemand da.«

Das ist im Moment nichts, was mich beruhigt, ehrlich gesagt.

Ich folge ihm ins Wohnzimmer, von dem aus man durch eine riesige Fensterfront auf die Terrasse gucken kann.

»Hier, geiles Ding, wa?«, sagt er, und mir fällt auf, dass aus der Nähe zu seinem Wurstbrötchen- und Haargelgeruch noch etwas Unangenehmes dazukommt. Direkt aus seinem Mund.

Draußen Terrasse mit Pool. Auf dem Wasser schwimmt eine blaugrüne Plane.

»Ham meine Eltern extra bauen lassen. Weil ich so ein guter Junge bin.« Er lacht kurz auf. »Wollen wir rein?«

»Was?« Spinnt der? Ich hab doch gesagt, ich hab keine Zeit. Schon gar nicht, um halbnackt mit ihm in einen Pool zu springen. Ich atme hektisch.

»War nur 'n Scherz.«

Er dreht ab und lässt mich stehen. Verwirrt.

»Willst du 'n Kaffö?«

Kaffö. Er sagt Kaffö. Ich höre ihn inzwischen aus der Küche.

»Also eigentlich wollte ich nur den Ketchup abholen. Ich muss gleich wieder los, weil –«

»Ich nehm meinen schwarz mit Zucker, du auch?«

»Mhm.«

Schwarz mit Zucker? Ich habe keine Art, Kaffee zu trinken, ich trinke keinen Kaffee, ich finde Kaffee eher widerlich. Und trotzdem nehme ich die Tasse, die Marvin mir hinhält, in die Hand und rühre ungeschickt darin rum.

»Meine Mutter würde ausflippen, wenn sie das wüsste«, sagt Marvin und nimmt einen Schluck. »Ich soll eigentlich keinen Kaffö trinken, vom Arzt, mir aber scheißegal. Volle Kanne jeden Tag!« Er hebt seine Tasse und ich automatisch meine und stoße an. Das KLONK der Tassen steht noch in der Luft, Marvin guckt irritiert, und ich würde mich am liebsten auflösen.

»Bisschen komisch bist du schon, ey«, sagt er, und ich nehme einen Schluck, weil man mit Kaffee im Mund nicht sprechen kann. Es beißt im Rachen, und ich weiß jetzt, was so unangenehm aus Marvins Mund riecht.

»Jedenfalls, is mein Körper, kann ich mit machen, was ich will.«

Ich nicke, weil ich schon finde, dass er recht hat, auch wenn ich nicht ganz verstehe, warum er mir das alles erzählt.

»Darf sie halt bloß nicht wissen, sonst gibt's keinen schönen Pool mehr für mich.«

Er lacht. Und wieder muss ich einen Schritt zurück machen, es pikst in meinen Ohren. Dieses hohe, laute, kreischige Lachen. Es klingt, als wenn ein sehr schlechter Schauspieler mit einer miesen Beobachtungsgabe ein Kinderlachen imitiert.

Es ist was Besonderes, wenn zwei Menschen gleichzeitig über das

Gleiche lachen. Wenn es von innen kommt, teilt man auf einmal etwas, man kommt sich nah – das kann manchmal sogar peinlich sein, wenn es aus Versehen *zu* nah ist. Wenn nur einer lacht, ist das auch irgendwie peinlich, weil man aus Versehen zeigt, dass man sich kein bisschen nah ist.

Ich weiß nicht, ob es das ist oder die lauten Einatmer von ganz weit hinten aus Marvins Kehle. Diese unangenehmen Töne, die aus seinem Mund kommen, wenn er lacht. Ich will weg.

»Hast du den Ketchup?«, frage ich ein bisschen zu laut.

Marvins Familie hat einen Kühlschrank wie aus amerikanischen Filmen. Da haben die Guten ein Ding, so groß wie zwei erwachsene Männer und mit Eiswürfelspender in der Doppeltür. Wenn jemand in einem amerikanischen Film einen normal großen Kühlschrank hat, dann ist er garantiert arm, böse und hat wahrscheinlich starke psychische Probleme.

»Ich fahr in den Frühjahrsferien immer nach Andalusien«, sagt Marvin und reicht mir die Flasche.

»Ah«, sage ich.

»Bisschen geiler, als immer selbst gemachten Ketchup essen zu müssen.« Er lacht sein Lachen.

Ich gucke ihn an. Versuche zu verstehen, was er mir damit sagen will. Der Typ verwirrt mich. Und zwar nicht auf eine gute Art.

»Wegen Pollenallergie, meine ich. Ich fahr immer weg, zwei Wochen Mittelmeer, da gibt's keine Birken.«

»Ja. Aha. Ich muss dann auch mal wieder«, sage ich und gehe Richtung Ausgang. Ich fühle mich dumpf.

Er öffnet mir die Tür. »Und in drei Tagen fliegen wir nach Spanien.«

»Ah, ich dachte Toskana?«, sage ich schwach.

Er lacht. »Schon mal was von Google Maps gehört? Das *is* Spanien!«

Oh Mann.

»Wie auch immer«, sage ich. »Viel Spaß in Spantalien. Bis dann!«

Ich wünschte, er würde die Haustür zumachen, aber er bleibt im Rahmen stehen. Guckt stolz. Als hätte er einen richtig guten Eindruck gemacht.

»Bis dann!«

Ich versuche, normal zu gehen, aber jeder Schritt fühlt sich völlig unnormal an.

»Lucie?«

»Ja?«

»Morgen schon was vor?«

Mir fällt natürlich nichts ein. Wir gehen zu Giovanni, er holt mich um drei ab. Verdammt.

34

Was ist mit mir los? Haben meine Gene die Steuerung übernommen? Macht doch Sinn: Mamas Gene machen, dass sie nicht anders kann, als sich jedes Mal wieder in die größte Schwachflöte weit und breit zu verlieben. Ich sehe ihr zwar nicht ähnlich, aber vielleicht hat sie mir den Herzschaden vererbt? So wie man Krebs vererbt. Irgendwas ist da nicht ganz richtig geschaltet, unsere Herzen reagieren auf die falschen Reize.

Ich bin nicht besser als meine Mutter. Ich habe mich mit dem größten Angeber zum Eisessen verabredet. Nicht nur das. Ich habe Kaffee schwarz mit Zucker getrunken, weil er es tut, und ich habe versucht, ihn in mich verliebt zu machen, damit jemand in mich verliebt ist. Einen Angeber, der nach Kunstleder riecht und seine Eltern nicht mag. Das immerhin hat nicht funktioniert, wir waren beide nicht sehr verzaubert. Oder? Sind das die Symptome? Kaffee trinken, obwohl man keinen Kaffee trinkt?

Ich lasse die Ketchupflasche in einen Mülleimer fallen, das Glas zerspringt auf dem Boden, die rote Soße spritzt hoch an die Wände.

WAS ICH ÜBER MARVIN WEISS:
TEIL 2

Der Typ hat weder Ahnung von Erdkunde noch davon, dass er keine Ahnung von Erdkunde hat.

+

Hat ein Problem mit POLLEN, DOPPEL-E und MUNDGERUCH, aber keins mit Angeberei.

+

Er trinkt kaffee mit Zucker.

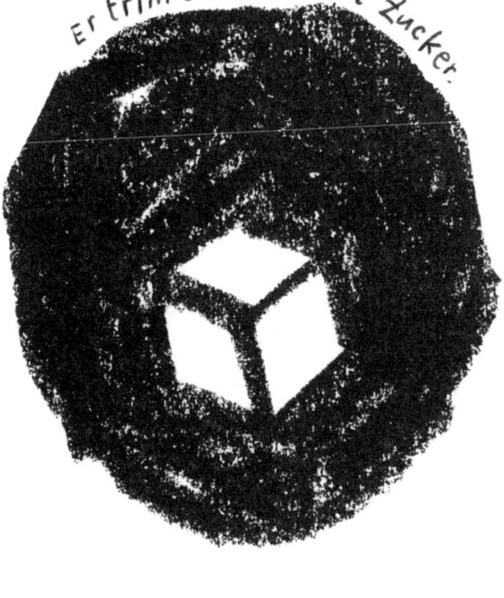

35

Klinges Tür steht offen, etwas stimmt nicht. Klinge lässt seine Tür niemals offen – viel zu gefährlich. Ich ziehe sie hinter mir zu.

»Mädchen! Ich kann heute nicht! Geh!«

Ich sehe etwas, was eigentlich nicht sein kann. Klinge macht Salto. Einen nach dem anderen. In der Mitte des Zimmers liegt eine Matratze, eine schmale, aber sehr dicke Matratze. Alles, was gestern noch den Boden bedeckt hat, ist zur Seite geschoben worden, um dieser Matratze Platz zu machen. Und Klinge springt darauf herum. Jeder Sprung ein Salto. Aber das ist nicht alles. Er ist in voller Montur. Rangerhut, Rucksack, Hüfttasche. An seinem Gürtel: eine Machete, eine Art Lasso, eine Besteckgarnitur. Viel zu viel Zeug, um damit einen Salto zu machen. In dem Alter.

»Das kann doch gar nicht sein«, sage ich mehr zu mir als zu ihm.

»Schwerkraft austricksen. Geht! Man muss sich nur zu helfen wissen.«

Nach dem nächsten Salto landet Klinge fast lautlos neben der Matratze. Während ich noch auf seine Füße starre und mir Saugnäpfe darunter ziemlich wahrscheinlich vorkommen, rauscht mir schon die riesige Machete um die Ohren. Er wirbelt sie in die Höhe, schneidet Kreuze in die Luft. Sein Gesicht ist hoch konzentriert. Erst denke ich, er guckt mich an, aber er guckt haarscharf an mir vorbei und kommt dabei immer näher. Ich stehe starr, würde ich mich auch nur einen Millimeter bewegen, mein Kopf wäre ab.

»Die Schlinge zieht sich zu, Mädchen. Aber ich bin vorbereitet.« Er sticht zweimal hintereinander neben meinen Kopf und steckt die Machete dann in einem großen Bogen zurück in seinen Gürtel. Alles in einem unglaublichen Tempo.

Ich kann nicht anders, ich bin beeindruckt.

Plötzlich hält er mein Gesicht in seinen Händen. Er hält es, als müsste er es vor dem Auseinanderfallen bewahren. Er drückt zu, immer fester, ich wette, es ist schon auf die Hälfte zusammengequetscht.

»Ey, laffen Wi miff –«

»Wir bringen das hier zu Ende, Mädchen! Dann bin ich weg. Niemand kriegt Klinge! Ich bin zu schlau, zu schnell und viel besser!«

Er lässt mich los, mein Gesicht schnellt auf normale Breite zurück.

»Musste das sein?«

Ich bücke mich benommen, um meine Schuhe zuzubinden – dabei habe ich sie nie aufgemacht. Und da sehe ich sie. Auf dem Boden neben mir. Zwei Fliegen. Tot. In der Mitte durchgeschnitten.

»Waren Sie das? Mit der –«

Ich komme hoch, eine halbe Fliege zwischen Zeigefinger und Daumen. Und SWOOSH, schon steckt mein Gesicht wieder zwischen seinen Händen fest.

»Und noch was, Mädchen!« Sein Mund kommt so nah, als würde er meine Nase als Mikrofon benutzen wollen. Dann guckt er irritiert.

»Huch, hast du deine Augenbrauen gekämmt?«

»Wafff? Gnaing, gnakürlich gniff.«

»Na ja, wie auch immer. Falls wir uns nicht wiedersehen, Mädchen –«

»Wauum follten wia unf niff widafehen?«

»Ich verstehe kein Wort, wenn du so undeutlich sprichst! Also! Hör zu! Ich will, dass du dich wegschmeißt!«

»Wegfmeifft?«

»Was? Nein! Schmeiß dich weg!«

Er sieht mich so durchdringend an, dass ich keinen Zweifel daran habe, dass er es ernst meint.

»Schäl dich raus, leg dich frei, form dich aus! Hol dich hoch, grab dich aus, heb dich vor, stell dich auf! Schüttel dich ab!«

Ich will etwas fragen, aber in dem Moment, als er mein Gesicht loslässt, fasst er mich an den Schultern, dreht mich um und schiebt mich Richtung Tür. Meine Wangen brennen. Er öffnet die Wohnungstür, schiebt mich raus.

»Morgen nicht, Mädchen! Muss trainieren. Komm übermorgen wieder!« KLACK. Tür zu.

Ich stehe kurz mit dem Rücken zur Tür und fühle mich wie durchgekaut und ausgespuckt. Mein Gesicht glüht.

Ich notiere:

× Übermenschliche Sportlichkeit
× gesteigerter Verfolgungswahn

Und dann noch:

× Schmeiß dich weg.

Einfach weil ich weiß, dass Klinge es ernst meint. Ich weiß bloß nicht, was »es« ist.

Auf der Straße wieder dieses Auto. Wenn man mich fragen würde, würde ich sagen, es ist dasselbe wie gestern. Bin allerdings nicht besonders gut in Autos. Genauso schwarz, genauso dick. Wie ein riesengroßer Käfer steht es da, lässt sich die Sonne auf den Rücken scheinen. Auch jetzt sitzt wieder jemand drin, zwei Personen diesmal. Ich überlege noch, wieso ich das Blechmonstrum auf dem Hinweg nicht gesehen habe, da kommt mir eine Frau mit Kinderwagen entgegen. Irgendetwas stimmt nicht mit ihr, aber ich weiß erst nicht, was es ist. Sie trägt ein kurzes grünes Kleid, hochhackige Sandalen und hat lange knallblonde Locken. Selten habe ich solche Haare gesehen – ein bisschen zu blond und mit merkwürdigem Glanz. Sie kommt näher, und ich sehe, was nicht stimmt: Sie hat keine Stirn. Ihr Scheitel fängt direkt über den Augenbrauen an und verläuft schräg über den Kopf. Und die Locken sind aus Plastik. Sie trägt eine Perücke, die ihr in die Stirn gerutscht ist.

Das muss nichts heißen, es gibt tausend absolut einleuchtende Erklärungen:

× hat Krebs
× kommt von einer Mottoparty
× hat sich das erste Mal die Haare selbst geschnitten
× ist inkognito unterwegs

Sie guckt mich an, als wir aufeinander zugehen. Freundlich, aber zu lange. Warum starrt sie so? Ich muss den Blick abwenden, dabei sehe ich ganz kurz etwas aufblitzen. Ein Lichtreflex von dem Dach des Hauses, das direkt neben Klinges steht. Als hätte jemand einen Spiegel hochgehalten. Ist das nicht eine Art, Nachrichten zu übermitteln? Morsen mit Lichtreflexen?

»Entschuldigung, junge Dame?« Die Frau steht jetzt vor mir, schaukelt das Baby im Wagen. »Bist du öfter hier?«

»Äh, nein?«

»Ah, schade, ich dachte, dir wäre vielleicht etwas aufgefallen.«

»Nein. Was meinen Sie?«

Aber die Frau schiebt schon weiter.

»Hallo? Was ist denn los? Was soll mir denn aufgefallen sein?«

Ich laufe ihr ein Stück hinterher, das bin ich Klinge schuldig. Ich muss rausfinden, was hier läuft. Die Frau bleibt stehen, dreht sich zu mir um, grinst ein bisschen zu breit. Und auf einmal sehe ich noch etwas. In ihrem Kinderwagen liegt kein Kind.

»Was denn?«, fragt sie.

»Das ist ja ein süßes Kleines, darf ich es mal halten?«

Ich beuge mich schon in den Wagen, da schlägt sie mir die ausgestreckten Arme weg. Wir gucken uns an. Beide ein bisschen erschrocken.

»Ich muss jetzt los, die Kleine hat bestimmt bald Hunger. Wiedersehen.« Sie schiebt den Wagen an, scheint schnell wegzuwollen.

»Ach, entschuldigen Sie?«

Sie dreht sich nicht mehr um, hastet den Gehweg runter.

»Mir ist doch etwas aufgefallen. Dieses dicke schwarze Auto da hinten. Wissen Sie, wem das gehört?«, rufe ich.

DREI MÖGLICHKEITEN:

1 Die FRAU hat wirklich einen gehörigen Knall. Hat ihr Kind verloren, ist darüber durchgedreht. Scheidet meiner Meinung nach aus, solche Leute sind … anders. Netter.

2 Sie ist eine völlig untalentierte Geheimagentin auf der Suche nach Klinge und seinen Rezepten.

ODER:

3 Sie ist eine von Klinges Familie engagierte, mäßig begabte Detektivin, die ihn ausfindig machen soll, um ihn zurück in die Klapse zu bringen.

DIE SCHLINGE ZIEHT SICH ZU.
ER HAT ES GESAGT.

36

In der Nacht sitze ich auf einmal senkrecht im Bett und denke: Rattenplage!

Ich hätte die Ketchupflasche nicht einfach in den Mülleimer werfen dürfen! Die Ratten und Eichhörnchen und überhaupt alle Nager, die sich von Müll ernähren, werden ja völlig durchdrehen! Ich sehe sie vor mir, die rot verschmierten Nagerschnuten, die wild verliebten Rattenaugen. Rammelnde Eichhörnchen hinter dem nächstbesten Gebüsch und eine Welle von Jungnagern, die den Stadtpark in ein paar Monaten überspülen wird. Was für eine Sensation, wenn Biologen eine ganze Generation monogam lebender Ratten und Mäuse entdecken! Es wäre ein ewiges Rätsel der Evolution, und nur ich würde die Lösung kennen.

Ich muss lächeln, denke noch eine Mischung aus »zu spät« und »müde« und schlafe wieder ein.

37

»Kann ich kurz reinkommen? Ich muss mal pinkeln«, sagt Marvin und steht schon in unserem Flur. Das fühlt sich an, als hätte mich ein Müllauto gerammt.

»Äh, da lang«, ich deute in Richtung Badezimmer.

»Hier wohnst du also.« Statt nach links ins Badezimmer abzubiegen, geht Marvin geradeaus und lehnt sich in die Küche. Er lässt den Blick über unsere Regale, den Kühlschrank, den Herd, das Waschbecken wandern.

Ich denke: Scheiße. Zu dreckig, zu oll, nicht abgewaschen, und ärgere mich gleichzeitig.

Die Wohnzimmertür steht offen, Marvin geht rein.

»Was 'n das für'n Hippie-Zelt?« Er deutet auf die »Arbeitsecke«, die der Michi sich eingerichtet hat.

Ich stehe noch immer im Flur und fühle mich, als wäre das hier nicht mein Zuhause. Es ist, als wäre unsere Wohnung in dem Moment, als Marvin sie betreten hat, zu seiner geworden. Gleichzeitig ist mir alles peinlich. Ich würde ihm gerne erklären, dass ich es nicht war, die das ganze Geschirr dreckig gemacht oder die die selbst gebatikte Decke als Raumteiler aufgehängt hat. Aber ich sage nichts.

Marvin fasst an, schiebt weg, hebt hoch. Er untersucht die Dinge in unserem Wohnzimmer, und ich will, dass er damit aufhört, habe aber das Gefühl, als wäre das nicht meine Entscheidung.

»Krasse Röhre!«, sagt Marvin und lacht hässlich, als er Michis Computer hinter dem Batikvorhang sieht. Er zieht sein Handy aus der Tasche und macht ein Bild. »So was gibt's noch?«

Ich nicke, aber er guckt mich nicht an.

»Wo is 'n dein Zimmer?«

»Hier den Flur runter. Letzte Tür.«

Marvin rauscht an mir vorbei, unser Wohnzimmer bleibt stumm und erschüttert zurück.

Marvin macht gerade ein Selfie auf meinem Bett, als ich reinkomme. Er grinst breit und hebt den linken Daumen ins Bild.

»Geil, wusste ich«, sagt er.

Ich schäme mich für meine zu bunte Bettwäsche und die gelb gewischte Wand. Ich schäme mich, dass mein Zimmer eine Dachschräge hat und Marvin deswegen nicht aufrecht im Bett sitzen kann. Ich schäme mich, dass ich die alten Poster noch nicht abgenommen habe und man hier mal lüften könnte. Ich wünschte, auf meinem Schreibtisch würde ein Laptop stehen und daneben würden meine Kopfhörer liegen. Ich habe coole Kopfhörer. Sie stecken nutzlos in meinem Rucksack.

»Was wusstest du?«, fragt mein Mund, der Rest meines Körpers bleibt starr im Türrahmen.

»Kann ich was trinken?«

»Klar, wir haben Wasser. Oder Tee.« Keine Reaktion. »Apfelsaft?«

»Kafftö?«

»Nee, wie gesagt. Tee?«

»Bäh. Dann gib Saft.«

»Okay«, sage ich, und mein Körper bewegt sich Richtung Küche. Ich gehe zum Kühlschrank. Öffnen. Saftflasche. Schließen. Schrank. Öffnen. Glas. Schließen. Flasche. Öffnen. Gießen. Schließen. Kühlschrank. Öffnen. Saft. Schließen. Zurück zu Marvin.

Er ist nicht mehr in meinem Zimmer, ich höre ihn nebenan in Mamas Schlafzimmer.

»Du, wir müssen mal los –«, fange ich an.

»Wenn man 'ne Homomutter hat, ist man dann eigentlich von Geburt an auch homo?«

Er guckt dabei aus dem Fenster, sein Saftglas ist in meiner Hand, und das Echo des Satzes hallt zwischen meinen Ohren.

»Bin zu Hauuseee!«, ruft Mama aus dem Flur, und ich sage schwach: »Ich bin hier!«

Ich sehe noch, wie Marvin mich mit einer Mischung aus Schreck und Wut anguckt, dann steht Mama in Krankenhauskluft im Türrahmen.

»Hallo? Was macht ihr denn hier?«

»Guten Tag, Frau Schmurrer«, sagt Marvin und guckt wie ein Welpe. »Die Lucie wollte mir unbedingt mal die ganze Wohnung zeigen, na ja, ich muss jetzt auch los. Wir sehen uns morgen, Lucie. Ciao!« Er schiebt sich so dicht an uns vorbei in den Flur, dass er mit dem Arm an das Glas stößt und mir ein kleiner Schwall Apfelsaft über die Hand läuft. Drei große Schritte später schnappt die Tür hinter ihm ins Schloss.

Mama und ich sehen uns an.

»Lucie, voll okay, wenn du jemanden einlädst. Aber ich mag's echt nicht, wenn irgendjemand Fremdes in meinen Sachen rumstöbert.«

Ich nicke, der Saft hört auf zu schwappen.
»Das ist so intim, da zeigt man so viel von sich.«
Sie denkt kurz.
»Verstehst du? Lucie? Hörst du mir überhaupt zu?«

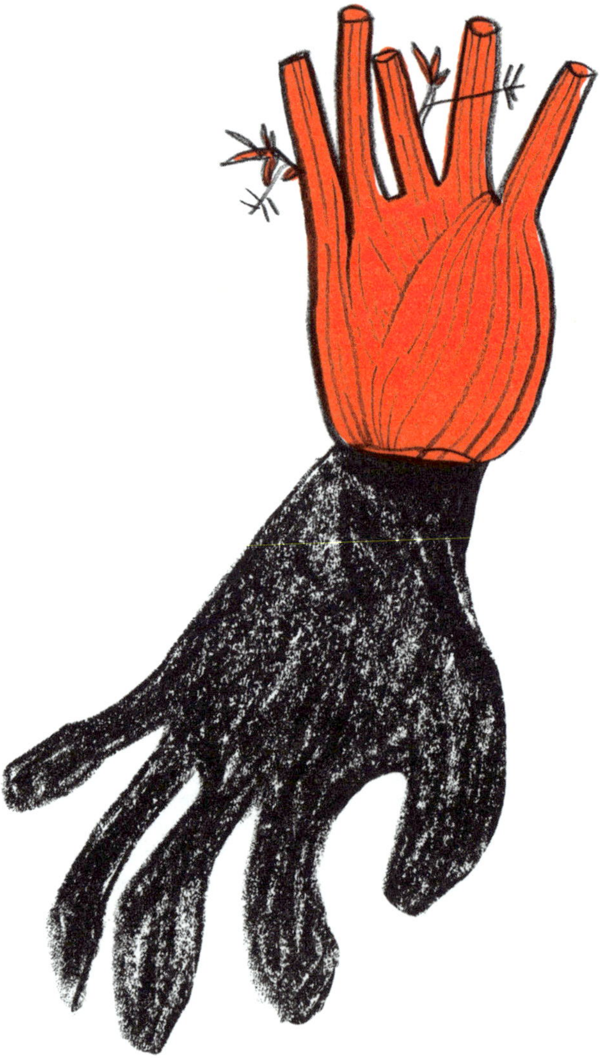

38

Wir sitzen auf dem Sofa, mein Kopf liegt auf Mamas Busen, ihr Kittel riecht nach Desinfektion. Ich weiß nicht, wie lange ich nicht mehr so dagesessen habe, wie lange sie mir nicht mehr mit ihrer Mama-Art den Kopf gestreichelt hat. Es ist gut, so zu sitzen, so lassen sich die Wut und die Verwirrung besser aushalten.

»Ich war wie gelähmt«, sage ich. »Ich wollte nicht, dass er reinkommt, ich wollte ihm nicht unsere Wohnung zeigen. Er hat gesagt, er muss pinkeln, aber das hat er nie getan.«

Mama krault.

»Marvin ist ein Arschloch, ich hätte ihn niemals reinlassen sollen. Er hat alles angefasst. Er wollte, dass ich ihm Saft hole. Und er hat Fotos gemacht! Wieso macht der Fotos in fremden Wohnungen?«

»Komischer Typ«, sagt Mama.

»Ich hab ihn einfach machen lassen und kein bisschen gesagt, was ich gedacht habe.«

»Was hast du denn gedacht?«

»Keine Ahnung.« Ich überlege. »Ich hab nicht mal was gedacht!«

Ich fass es nicht.

Mama krault.

»So ist das manchmal, Lucielein. Dann weiß man erst im Nachhinein, was man hätte sagen sollen. Was man schon früher hätte denken sollen. Es gibt so Leute, zu denen ist man immer wieder viel zu nett, obwohl man sie nicht mal mag. Passiert mir auch oft.«

Ich frage mich, ob sie über den Michi spricht. Und den Klaus, den Toprak und den Simon.

»Ich glaube, ich lern das nicht mehr, aber bei dir habe ich noch

Hoffnung. Du hast dich jetzt einmal aus Versehen überfahren lassen von diesem Marvin, aber das passiert dir so schnell nicht wieder, okay?«

Sie hebt meinen Kopf an und schaut mir in die Augen. »Abgemacht?«

»Abgemacht«, sage ich.

Wie gut, dass sie gekommen ist. Sie hat mich gerettet.

Die Homo-Frage verwirrt mich aus verschiedenen Gründen:

Ich habe noch nie darüber nachgedacht, ob homo sein vererbbar ist.

Ist meine Mama überhaupt homo? Und warum hört sich homo wie eine Beleidigung an?

Ich kenne zwei Homos. Bernie und Giovanni.

100 Prozent aller Homos, die ich kenne, sind richtig gute Leute. Von den Nicht-Homos, die ich kenne, mag ich die meisten nicht besonders.

Dann ist es doch eigentlich ein Kompliment, dass Marvin denkt, ich wäre homo.

Darüber muss ich mit Bernie reden.

39

Es sirrt. Das ist immer so, kurz vor den Sommerferien. Alle sind überdreht, sogar die Lehrer, auch wenn sie versuchen, es sich nicht anmerken zu lassen. Wenn man an einem der letzten Schultage vor dem Lehrerzimmer steht, kann man hören, wie es hinter der geschlossenen Tür brummt. Die ganze Schule flirrt. Vor Hitze, vor Aufregung, vor Ungeduld.

Heute ist da noch etwas anderes. Die Luft fühlt sich an wie vor einem Gewitter, sie ist zu heiß, zu dick und drückt von oben.

Jessie und die Girls, die mich seit der Sache mit dem Zettel von Marvin nicht mehr angeguckt haben, glotzen, als ich durch die Eingangstür komme. Jede hat ein Telefon in der Hand. Ich schicke ihnen einen eiskalten Blick und gehe weiter, ohne genau zu wissen, wohin. Manchmal ist der einzige Grund für eine Richtung der, dass es eine Richtung geben muss.

Leider habe ich mich für die falsche entschieden, ich steuere direkt auf Marvin und Leo zu. Ich müsste einen auffällig spitzen Winkel ansetzen, um ihnen noch aus dem Weg zu gehen – und wenn eins gerade nicht infrage kommt, dann ist das, aufzufallen. Nur noch ein paar Tage, dann sind Sommerferien, und nach diesen sechs Wochen bin ich bloß noch eine schemenhafte Erinnerung im Gedächtnis dieser beiden. Dann bin ich weit weg und mit mir die Ketchup-Geschichte, Marvins Bild von meinem Zuhause und Leos Zusammentreffen mit mir und Klinge auf dem Friedhof. Dann spielt das alles keine Rolle mehr, dann wird nicht mehr darüber geredet – aber so weit ist es noch nicht. Ich versuche, Gleichgültigkeit auszustrahlen, als ich so weit wie möglich und so nah wie nötig an Marvin und Leo vorbeigehe. Die beiden stehen so dicht beieinander wie zwei Steinböcke, die sich duellieren. Es sieht aus, als würden sie sich gleich schlagen – vielleicht auch, weil sie Publikum haben. Der Rothaarige aus dem Freibad und zwei andere, die ich nicht kenne, gucken aus ein paar Metern Entfernung zu. Leo zischt Marvin etwas ins Ohr, und Marvin lauscht konzentriert und angespannt. Und dann, als ich fast an ihnen vorbei bin, lacht Marvin auf einmal auf. Sein hohes, schiefes Lachen, das in den Ohren schmerzt und den Nacken verspannt, und da weiß ich es: Es geht um mich.

»Da!«, sagt der Rothaarige und zeigt auf mich.

Natürlich wusste ich, dass Leo Marvin von der Friedhofsituation erzählen würde. Ich dachte bloß, er hätte es schon längst getan, schließlich sind die beiden Freunde. Aber er tut es anscheinend erst jetzt. Leo gießt Öl in das Feuer, das in Marvin sowieso schon lichterloh brennt. Die Rechnung ist einfach:

Mein merkwürdiges Verhalten, als Marvin bei mir war + ich auf dem Friedhof + Klinge = Lucie Schmurrer ist gehirnamputiert.

Na und. Mir egal, was Marvin und seine Freibadfreunde von mir halten, kann Leo so viele Geschichten über mich erzählen, wie er will. Geht mir völlig am Arsch –

»Lucie!«, ruft Leo hinter mir. »Warte mal!«

Ganz sicher nicht, mein Lieber, denke ich noch und spüre schon eine Hand auf meiner Schulter.

»Hey, warum wartest du nicht?«

»Hey, und warum treibst du dich dienstagabends auf dem Friedhof rum? Hm?«, pflaume ich ihn an, weil immer alle sagen, Angriff ist die beste Verteidigung.

»Hä?«

»Oh, ich bin der nette Leo, ich tu immer ganz freundlich, und dann geh ich abends auf den Friedhof und guck Leuten beim Heulen zu.«

»Was?«

»Selber nicht ganz dicht, was?«, frage ich und will weitergehen.

»Mein Bruder liegt da.«

»Mhm, ja genau, das würde ich jetzt auch sagen«, murmele ich und will ihn auslachen, weil das ja nun wirklich die müdeste Ausrede überhaupt ist, da fallen plötzlich meine Dummheitsgroschen. Pickel. Weil er Picker mit Nachnamen heißt. Und letztes Jahr hat Leo einen Monat in der Schule gefehlt. Es gab verschiedene Gerüchte – Leukämie, Autounfall, medizinischer Behandlungsfehler. Aids war auch dabei, aber daran habe ich nie geglaubt. In manchen Geschichten war es Leo selber, der gestorben war, in anderen sein jüngerer Bruder oder beide Eltern. Vielleicht weil es so viele Geschichten gab und Leo eines Tages einfach wieder da war und nicht anders aussah als vorher, habe ich nie wieder darüber nachgedacht. Wie dumm von mir, als müsste man für immer Schwarz tragen, wenn der kleine Bruder stirbt.

»Oh«, sage ich und sehe mich so, wie Leo mich gesehen haben muss: in voller Montur auf dem Grab seines Bruders tanzend. Mit Freiherr von … meinem Onkel, dem verrückten Friedhofsgärtnerkänguru. Und dann kann ich gar nichts mehr sagen, weil alles nur noch falsch und peinlich ist. So peinlich, dass sich meine Gedärme zusammenziehen und zu kleinen steinharten Rosinen und verschrumpeltem Trockenfleisch werden. So falsch, dass, egal was ich sage, es nur noch schlimmer werden würde. Leo weiß das, ich sehe es ihm an. Es wäre so einfach für ihn. Ich liege am Boden, er könnte einfach zutreten.

Er sagt: »Solche Arschlöcher. Komm.«

Und ich folge ihm stumm auf den Schulhof.

Etwas später sitzen wir nebeneinander auf der Bank wie zwei Boxer, die gerade verloren haben. Weil im Unterricht sowieso nur noch gefrühstückt oder *The Blue Planet* geguckt wird, hat er entschieden, dass wir in der ersten Stunde fehlen können.

Es hat eine Weile gedauert, bis Leo mir das Foto auf seinem Handy gezeigt hat. Nett gemeint, klar, aber ich finde, Unwissenheit macht Waffen stumpf. Gut, is nicht mein Spruch, aber damit hatte Klinge auf jeden Fall mal recht. Wenn man nicht weiß, was die anderen über einen wissen, hat man schon verloren.

Marvin hat gephotoshopt, hat sich richtig Mühe gegeben. Janni ist auf dem Foto vielleicht sechs. Es muss das letzte sein, das es von dieser Art gibt. Janni im Ballettanzug. Ich weiß nicht mal mehr, ob er das Tutu da noch ernsthaft trägt oder ob er es anhat, weil er weiß, wie sehr wir ihn darin lieben. Aber das ist jetzt sowieso egal, weil, wie gesagt, jemand hat sich Mühe gegeben. Eine Sprechblase mit *Ich bin Jannis, und ich lutsch dir den Johannes.* Ein zu einem debilen Grinsen verzogener Mund, aus dem drei Wassertropfen spritzen. Um den Kopf herum ein Strahlenkranz aus Obst- und Gemüse-Emojis: Aubergine, Banane, Peperoni, Maiskolben, Möhre. Komisch, selbst bei Emojis gibt es viel, viel mehr Auswahl für Penis als für Punany.

»Seid ihr nicht eigentlich Freunde?«, frage ich in die Stille.

»Sieht nur so aus. Unsere Eltern spielen Tennis, und einmal im Jahr fahren wir alle zusammen in den Skiurlaub. Deswegen kennen wir uns einfach schon ewig.«

»Das tut mir leid für dich.«

Leo lacht kurz. »Mir auch für mich.«

Irgendwie ist diese Homo-Sache auf einmal riesig geworden. Das Foto wurde in mindestens vier Gruppen gepostet, was ungefähr 100

Leute ergibt, vermutlich mehr. Ich frage mich, was die Aktion gemeiner macht: wenn Janni wirklich schwul ist oder wenn nicht. Es ist meine Schuld, dass Marvin an dieses Foto gekommen ist. Irgendwas muss ich tun, ich weiß nur noch nicht, was.

»Wir brauchen einen Plan«, sagt Leo.

Frisches Brot und Erde. Leo riecht wie ein Picknick im Frühling, und ich fühle mich gleich ein bisschen stärker.

Janni liegt auf seinem Bett und spielt Minecraft auf Mamas Tablet, als ich nach Hause komme. Ich lege mich zu ihm und starre auf das knallbunte Display.

Stattdessen sage ich: nichts.

Janni starrt auf das Display, seine Finger tippen darauf herum.

Ich gebe ihm einen Kuss auf den Kopf, er macht »Eyy« und zieht ihn weg. Ich robbe aus dem Bett und denke: Morgen vielleicht.

40

Ich bin die Erste am Frühstückstisch, und schneller, als ich denken kann, lege ich meinen Zettel auf Jannis Teller und schnappe mir seinen.

Der Michi kommt rein.

»Guten Moooorgeeen!«

Ich bete, dass er nichts gesehen hat. Damit habe ich vor dem ersten Löffel Müsli zwei Dinge getan, die ich niemals tun wollte:

1. HOFFEN, DASS MICHIS SPRUCH ETWAS BEWIRKT.
2. BETEN.

»Morgen«, sage ich.

»Na, na, na, Lucie! Wer wird denn schlechte Laune haben? Ein neuer Tag! Und niemand weiß, was er bringt! Bist du nicht gespannt?«

Tierisch, denke ich. Und das stimmt sogar, aber Sprechen ist vor zehn nicht meine Disziplin, und mein Zetteltausch macht mir die Kehle eng und die Arme schwer. Der Müslilöffel wiegt zwölf Kilo.

Das steht auf meinem/Jannis Zettel. Ich mache zur Ablenkung eine Liste im Kopf:

marvin > LEKTION > WIE MAN LEBENSLANGEN HASS AUF SICH ZIEHT IN NUR ZWEI TAGEN.

michael > LEKTION > LIEBE DICH SELBST, UND ES IST EGAL, WIE SEHR DU DEN MENSCHEN IN DEINEM UMFELD AUF DIE NERVEN GEHST.

Jessie > LEKTION > 'BEAUTIFY YOURSELF' WIE OBERFLÄCHLICHKEIT GLÜCKLICH MACHT

Janni > MEHR GESCHENK ALS LEKTION

Mama > IST MAMA. EIN GROßES GESCHENK, DAS ICH MANCHMAL GERNE ZURÜCKGEBEN WÜRDE.

klinge > LEKTIONEN OHNE ENDE & DOCH AUCH GESCHENK

Bernie > GESCHENK > MIT SCHLEIFE & GLITZERPAPIER

Als ich vor Leos Tür stehe, ist mir ein kleines bisschen mulmig. Ich war noch nie in einem Haus, in dem jemand gestorben ist. Glaube ich. Zumindest habe ich noch nie mit einer Familie zu tun gehabt, die eigentlich größer ist, als man denkt. Die ein unsichtbares Mitglied hat. Ich kenne mich einfach nicht aus mit dem Tod. Muss ich irgendwas Spezielles sagen, wenn ich Leos Eltern treffe? Leos Bruder ist jetzt über ein Jahr tot. Wie lange sagt man »mein Beileid«? Beileid. Ist es das, was man braucht, wenn man sowieso schon leidet?

Leo öffnet auf mein Klingeln und sagt: »Komm rein, meine Eltern sind drüben in der Einrichtung.«

Was für eine Einrichtung? Für Familien, in denen ein Kind gestorben ist? Keine Ahnung, wie man sich in so 'ner Einrichtung verhält. Um nicht in Panik zu geraten, mache ich eine Flurgeruchsanalyse: Schuhe und Orangenschale. Hört sich schlechter an, als es riecht. Leder, Bienenwachs, Orange und nur ein leichter Anflug von Fuß. Ansonsten ist der Flur so was wie ein Ausstellungsraum von Leos Familie. Die Wände hängen voller kleiner und mittelgroßer Rahmen, in denen Fotos, selbst gemalte Bilder und Postkarten stecken.

»Wir müssen drüben auf den Dachboden, ich muss dir was zeigen.« Leo bindet sich die Schuhe zu, ich nicke und suche zwischen den Bildern an der Wand unauffällig nach einem Foto von seinem Bruder, bis mein Blick an einer kleinen gerahmten Postkarte hängen bleibt.

Ich muss den Satz noch mal und noch mal lesen. Das ist es. Haargenau. Das ist Klinges Problem. Niemand hört seine Musik.

»Ist so 'ne Art Lieblingssatz von meinen Eltern. Sagen sie ungefähr jeden Tag.«

Leo steht plötzlich ziemlich dicht neben mir. Picknick im Frühling mit frischen Blaubeeren.

»Sind deine Eltern Psychos?«, frage ich und meine das gar nicht so, wie es sich anhört.

Zum Glück lacht Leo ein bisschen.

»Kommt drauf an, wen du fragst, aber offiziell nicht. Allerdings wohnen wir in 'ner Klapse.«

Von dem Teil des Hauses, in dem Leo mit seinen Eltern lebt, führt eine Treppe in ein anderes Haus, in dem die eigentlichen Psychos wohnen. Die Einrichtung. Drei Männer und zwei Frauen leben hier – alles Leute, deren Musik die meisten Menschen nicht hören. Leos Eltern sind ziemlich gut darin, den Soundtrack der Psychos, zu hören, deswegen nennen sie sie auch nicht Psychos, sondern Klienten. Leo meint aber, das kann man ruhig sagen, weil sie sich gegenseitig auch so nennen. Der Job von Leos Eltern ist es jedenfalls, in der Nähe zu sein, falls was ist.

»Und meistens ist nichts. Normal: Einer, der nicht durchschlafen kann, wenn der Abwasch nicht gemacht ist. Eine, die alles kaufen muss, was im Sonderangebot ist. Eine, die ausflippt, wenn jemand anders ihr beim Kochen hilft. Einer, der alles über Bakterien weiß und deswegen ständig Angst hat. Eine, die Selfie-Sticks an der Wand zerschlägt, wenn ihr was auf die Nerven geht. Zum Glück haben wir einen ziemlich großen Vorrat. Gab's mal im Sonderangebot.«

Leo ist Psycho-Experte! Es gibt garantiert keinen anderen Vierzehnjährigen, der sich so gut mit Verrückten auskennt wie er.

»Und woran erkennt man, wie verrückt jemand ist?«, frage ich ihn, als er vor mir die Leiter zum Dachboden hochsteigt.

»Ich hab so 'n Punktesystem im Kopf. Von eins bis zehn. Da sortiere ich alle Leute ein, die ich treffe.«

»Echt?«, sage ich und frage nicht, wo er mich einsortiert hat.

»Man setzt sich einfach selbst auf eins, weil man sich selber von allen Menschen am besten versteht, und auf zehn jemanden, der das Gegenteil von einem selbst ist. Jemand, der auf alles völlig anders reagiert.«

Wir steigen durch die Luke. Der Dachboden ist vollgestopft mit Zeug: Kisten, Schränke, Regale. Ordner, die Regalbretter durchbiegen lassen, Bücher, die in Stapeln auf dem Boden liegen. Eingestaubte Fitnessgeräte und bestimmt fünfzig Staffeleien, die in der Ecke lehnen. Bunte Tücher, alte Sessel, kaputte Stühle, bemalte Leinwände und Kisten, Kisten, Kisten.

»Und ab wie viel Punkten sind die Leute in eurer Einrichtung normal?«

»Schwierig zu sagen. Manche sind eine Acht und ziehen in eine eigene Wohnung, andere waren nie mehr als eine Zwei und wollen unbedingt bleiben. Das macht sie dann allerdings mindestens zu einer Vier.«

Ich stehe vor dem Regal, das angestrengt versucht, alle Ordner zusammenzuhalten. Die Ordnerrücken verraten nicht viel. Buchstaben und Jahreszahlen. Ich ziehe einen raus.

»Das ist eine Drei, die ausgezogen ist, bevor wir eingezogen sind. Hat jeden Tag ihr linkes Auge fotografiert. Jahrelang.«

Aus dem Ordner starrt mich ein Auge an. Ein schönes. Es läuft zu beiden Seiten sehr spitz zu, innen viel Grau und wenig Weiß, lange blonde Wimpern, und mir ist, als könnte man auf jedem Foto eine andere Stimmung erkennen. Es kommt mir wie eine gute Idee vor, jeden Tag ein Foto von seinem linken Auge zu machen.

Leo zieht nacheinander mehrere Ordner ein kleines Stück heraus. »Der hier hat jedem Insekt, das in seinem Zimmer gestorben ist, einen Abschiedsbrief geschrieben. Und hier drin ist eine Gebrauchsanweisung, die eine Bewohnerin zu sich selbst geschrieben hat, und da Briefe in einer Sprache ohne Regeln.«

»Und was macht ihr, wenn einer abhaut?«, frage ich, als wäre mir die Idee gerade völlig spontan gekommen. »Sucht ihr den dann?«

»Wir nicht, aber vielleicht irgendjemand. Kommt auch drauf an, wie verrückt der ist.«

»Hm. Aha. Na, sagen wir mal, er wäre eine solide Sieben.«

»Ja?«

»Und, okay, mal angenommen, du wüsstest, wo er ist.«

»Ja?«

»Und mal angenommen, du wüsstest, dass es definitiv Leute gibt, die sich für ihn interessieren, aber du wüsstest nicht, ob du ihn vor diesen Leuten oder die Leute vor ihm beschützen müsstest.«

»Mhm?«

»Was würdest du machen?«

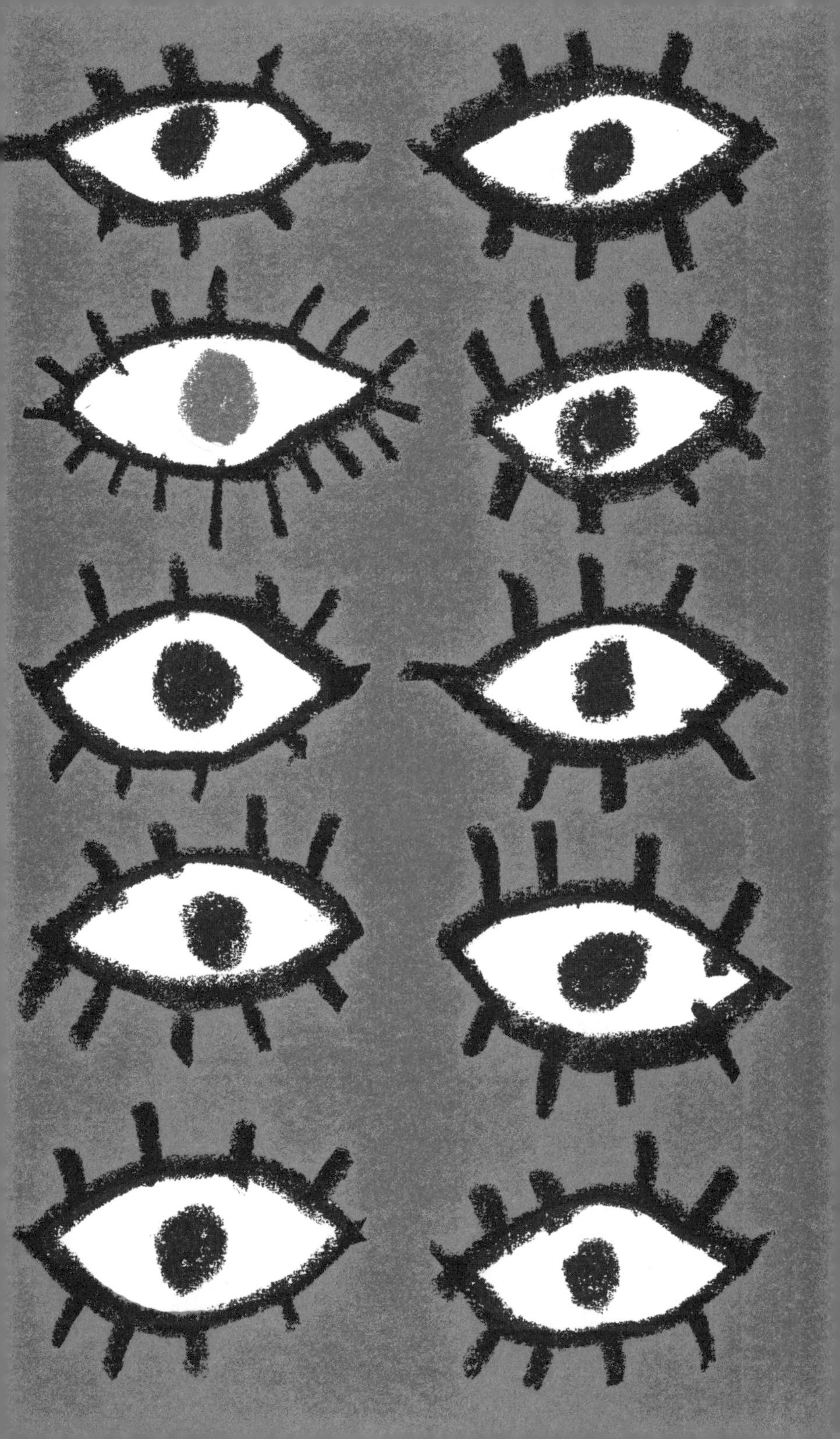

»Woher wüsste ich denn überhaupt, wo er ist?«

»Na ja, könnte ja sein, dass du aus Versehen zum Beispiel seine Assistentin wärst.« Mist.

»Aha. Ich wäre also seine Assistentin. Assistentin in Sachen … Grabpflege?«

»Zum Beispiel.«

»Warum würde ich nicht einfach mit jemandem darüber sprechen, der sich damit auskennt?«

»Das dürftest du nicht. Teil der Abmachung.«

»Verzwickt.«

Wir überlegen kurz.

»Ich würde mir wahrscheinlich jemanden suchen, der absolut verschwiegen ist«, sagt Leo.

»Eine Art sehr vertrauenswürdigen Psycho-Experten?«

Er nickt.

»Den könntest du fragen, ob er mal mitkommen würde«, sage ich.

»Genau.«

»Um die Lage einzuschätzen.«

»Ja.«

Was an Leo echt speziell ist:

- Wie er mir einfach so hilft.
- Dass er nicht sauer ist, obwohl ich auf dem Grab seines Bruders Disco gemacht habe.
- Dass er sich mit Sachen auskennt, von denen die Menschen keine Ahnung haben (Psychos, Tod).
- Dass er mich wegen Klinge nicht weiter ausfragt.
- Dass ich ihm echt gerne von Bernie und meinen Plänen erzählen würde.
- Blaubeerpicknick im Frühling? Wie kann man so gut riechen?

»Fällt dir was auf?«

Gerade als ich fragen will, was wir hier auf dem Dachboden suchen, hält Leo mir ein Bild vors Gesicht, das er gerade aus einer kleinen Blechbox gezogen hat.

Es ist ein ausgedrucktes Foto, das wahrscheinlich mit einer Digitalkamera der zweiten Generation gemacht wurde. Wenn man sich die Zeit nehmen würde, könnte man die Pixel zählen. Darauf: zwei Familien im Schnee. Zweimal Mutter, zweimal Vater, dreimal Sohn. Dazu ein gut gelaunter Familien-Pudel. Von den sieben Menschen auf dem Bild kommen mir zwei bekannt vor: Leo und Marvin. Stehen da, Arm in Arm, vielleicht acht Jahre alt, und strahlen. Und daneben, etwa halb so alt, ein kleiner Junge, dem man ansieht, wie gerne er einer von den Großen wäre. Leos toter Bruder. Ich kann die Augen nicht von ihm nehmen. Er sieht so gesund aus.

»Na?«, fragt Leo noch mal.

»Ja«, fange ich einen Satz an, von dem ich keine Ahnung hab, wie er zu Ende geht. »Äh. Er sieht süß aus.«

»Findest du?«

»Schon«, ich habe Angst, das Falsche gesagt zu haben. »Du nich?«

Leo guckt sich das Foto noch mal an. »Keine Ahnung. Ich seh ihn vielleicht anders, weil ich ihn so gut kenne.«

»Er ist noch so ... jung«, sage ich.

»Ja, na ja. Ist ja immer mal sieben. Aber klar, eigentlich hätte er länger gelebt.«

Ich bin ein bisschen beeindruckt und ein bisschen irritiert, wie Leo über seinen Bruder spricht.

»Okay. Und warum mal sieben?«

»Na ja, sagt man doch so, ein Menschenjahr sind sieben Hundejahre. Jack war fünf, glaube ich, das heißt also, er war 35 Menschenjahre alt. Zu jung, das schon, aber eben auch nicht fünf.«

Ich nicke langsam. »Ah. Gut. Ja. Nicht mehr fünf«, sage ich.

»Du hast gedacht, ich rede über Ron?«

Natürlich. Leo merkt alles.

»Ja, tschuldigung, ich wollte nicht –«

»Schon gut«, unterbricht er mich. »Pass auf, Lucie, Plan.«

Die Geschichte mit dem Hund geht so: Jack zieht bei Marvins Familie ein, als Marvin ungefähr drei ist. Marvins Mutter liebt Hunde, ist mit ihnen aufgewachsen und wünscht sich das Gleiche für ihren Sohn. Als sie Jack aus dem Tierheim nach Hause holt, denkt sie höchstwahrscheinlich, das würde sowohl ihrem als auch Marvins und erst recht Jacks Leben eine Wendung geben, die nur Gutes mit sich bringt. Sie irrt sich gewaltig.

Leo lernt Jack beim ersten gemeinsamen Skiurlaub kennen, und als er mir die Geschichte jetzt erzählt, klingt es, als hätten Jack und Marvin sehr viel gemeinsam. Jack bellt, er klaut, er macht kaputt, er pinkelt auf den Teppich, wenn er zu wenig Aufmerksamkeit bekommt. Ruhig ist er nur, wenn er bei Marvins Mutter auf dem Schoß sitzt. Leo mag ihn trotzdem. Weil er immer zum Spielen aufgelegt und nicht zimperlich ist, weil er ruppig, aber trotzdem irgendwie vorsichtig genug ist, dass nie jemand verletzt wird. Und das unterscheidet ihn von Marvin.

Schon als Kind hatte Leo das Gefühl, wenn man Marvin trifft, dann am besten mit Knieschonern und Schutzbrille. Eine Kiste Lego im Zimmer bedeutete, niemals zu wissen, wann ein spitzes Plastikstück einen im besten Fall an der Stirn, im schlechtesten Fall im Auge treffen würde. Und so, wie er mit Menschen spielte, spielte Marvin auch mit Jack. Ständig trat er ihm auf den Schwanz, steckte ihm Murmeln in die Ohren oder sprang ihm auf den Rücken. Jacks Jaulen war Marvins Applaus. Und je mehr Marvins Mutter versuchte, ihrem Sohn einen freundlicheren Umgang mit Jack beizubringen, desto gemeiner wurde Marvin. Bloß, dass er lernte, es besser zu verstecken. Jack war nicht dumm, natürlich fing er an, Marvin zu meiden, erst kaum wahrnehmbar für Außenstehende, über die Jahre aber immer deutlicher. Und das nahm Marvin ihm übel. Ein Hund, der nicht mit ihm alleine das Haus verließ, ein Hund, der mit jedem, bloß nicht mit ihm spielte, und dazu eine Mutter, die sich sorgte. Und es war der Urlaub, aus dem das schlechte Digitalfoto stammt, als Jack dann plötzlich verschwand. Marvin hatte darauf bestanden, alleine mit ihm spazieren zu gehen, und als er eine Stunde später wiederkam, ohne Hund, stattdessen mit einer abgerissenen Leine und traurigem Blick, wurde er nicht verdächtigt, etwas mit Jacks Verschwinden zu tun zu haben. Zumindest nicht von seiner Mutter. Es gab eine große Suchaktion, natürlich machten auch Leo, sein Bruder und seine Eltern mit, aber sie blieben erfolglos. Nach drei Tagen war auch die Hoffnung, Jack würde von selbst zurückkommen, dahin, und am Ende des Urlaubs fuhren sie ohne ihn nach Hause.

»Okay, und was machen wir mit der Geschichte?«

»Na ja, die Sache ist die: Mir hat Marvin erzählt, dass er es war«, sagt Leo.

»Was war?«

»Dass er Jack umgebracht hat. Weil er ihn nicht mehr in seiner Familie haben wollte. Er meinte, es war total leicht, weil so ein Hundeschädel im Gegensatz zu einem Stein ziemlich zerbrechlich ist, und dass er nicht einmal seine ganze Kraft einsetzen musste. Er hat von dem Hundeblut im Schnee erzählt und davon, wie er ihn vergraben hat.«

»Nicht im Ernst«, sage ich fassungslos. Dass Marvin ein Idiot ist, okay, das habe ich verstanden, aber ein Killer? Unglaublich. »So ein –«

»Ich hab's ihm nie geglaubt«, sagt Leo, und ich atme durch. »Ich glaube, Jack ist wirklich weggelaufen, lebt jetzt irgendwo ein glückliches Hundeleben, und Marvin musste sich was ausdenken, damit er nicht der Idiot ist, der einen Hund nicht halten kann. Er hat richtig angegeben damit, auch vor den anderen, als die Ferien vorbei waren.«

»So ein widerliches –«

»Absolut. Deswegen müssen wir ihm aus seiner eigenen Geschichte irgendwie einen Strick drehen. Ich weiß bloß nicht, wie.«

Ich sitze da und fasse es nicht. Wie konnte ich so dumm sein? Jetzt gibt es für immer und ewig ein Kapitel im Buch meines Lebens, in dem ich Marvin, Hundemörder (ja, ich dramatisiere), Angeber und Menschenhasser, in mich verliebt machen wollte. Zum Glück hat er kein Herz, sonst hätte es womöglich noch funktioniert.

»Lucie?«, reißt mich Leo aus den Gedanken. »Hörst du zu?«

»Leo. Ich weiß jemanden, der uns helfen kann, Marvin für seine Arschigkeit dranzukriegen.«

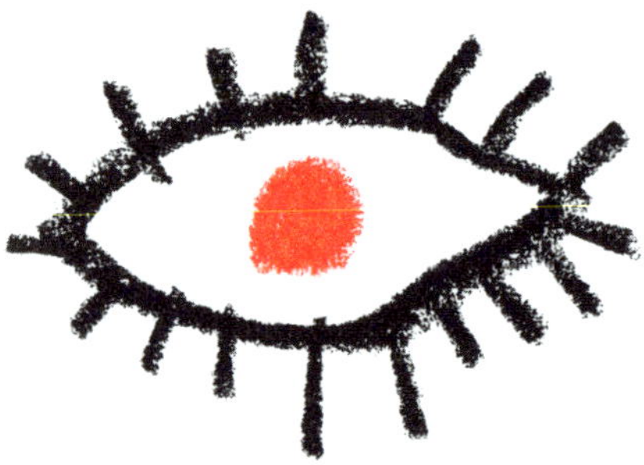

41

»Das ist dein Wunsch? Dass ich der Madenmutter sage, dass sie ein Madenkind hat?«, fragt Klinge skeptisch.

Ich bin nach der Schule direkt zu ihm gefahren – alleine. Wer weiß, wie Klinge auf Leo reagieren würde.

»Ja, so ungefähr. Wie gesagt, Sie müssten schon glaubhaft auftreten.«

»Glaubhaft! Dass ich nicht lache! Mädchen, du weißt genau, dass ich gar nicht anders auftreten kann als glaubhaft!«

»Na ja, und, wie gesagt, das Problem ist, dass er den Hund höchstwahrscheinlich gar nicht –«

»Blablabla«, macht Klinge und verschwindet im Zauberzimmer. Als er nach einer Millisekunde wieder rauskommt, schwenkt er einen Knochen in seiner linken Pranke. »Wonach sieht das für dich aus, Mädchen?«

»Nach einem Knochen.«

»Was für ein Knochen?«

»Pfft, woher soll ich das wissen?«

»Haar-ge-nau!«, sagt Klinge und tippt mir, schneller, als ich mich angewidert abwenden kann, mit dem Knochen an die Nase.

»Wer sagt denn, dass der nicht von dem geliebten Pudelchen ist, hm? Den zerschmetterten Schädel will ich der Frau Mutter natürlich nicht zumuten, aber die Untersuchungen haben ergeben, dass hier ein Mordfall vorliegt!« Klinge fuchtelt aufgeregt mit dem Knochen, und ich hoffe, dass er sich bei Marvins Mutter besser unter Kontrolle hat. »Sonderkommission Bello eingerichtet, Ermittlungen, Zeugenaussagen, Beweisstück A, B und C, kombiniere, kombiniere, der Sohn ist schuldig!«

»Das heißt, Sie machen es?«

»Wunsch ist Wunsch!« Wie immer, wenn Klinge etwas sehr ernst meint, brüllt er fast. »Oder etwa nicht?«

»Doch«, sage ich, »auf jeden Fall!«

Klinge guckt scharf. Als würde er überprüfen, ob ich wirklich auf der richtigen Seite stehe. Dann nickt er langsam. »Gut. Wann?« Er schaut auf die Uhr, die er nicht trägt. »Ich habe jetzt Zeit.«

»Er sieht fantastisch aus«, sagt Leo ehrfürchtig, als ich zu ihm hinter die Hecke gekrochen komme. Wir bringen uns in Stellung, um Klinges Auftritt zu beobachten.

Und Leo hat recht. Klinge sieht aus wie ein waschechter Polizist. Seine Uniform ist zwar grün-beige statt dunkelblau und damit völlig veraltet, aber das ist auch schon alles, was stutzig machen könnte. Ansonsten hat er den aufrechten, leicht breitbeinigen Gang eines Dorfpolizisten mit Auftrag, sein linker Arm hängt entspannt an der Körperseite, während die rechte Hand am Gürtel ruht. Mein Lieblingsaccessoire ist die schusssichere Weste, die ihm eine gewisse schildkrötenhafte Eleganz verleiht. In einer der großen Hosentaschen steckt die Karte, auf der wir Jacks Grab eingezeichnet haben, in der anderen der Knochen – Beweisstück A.

Klinge klingelt. Einundzwanzig, zweiundzwanzig, dreiund–, die Tür geht auf.

Ich wünschte, wir könnten hören, was er sagt.

»Ich wünschte, wir könnten hören, was er sagt«, sagt Leo.

Ich muss grinsen.

»Was denn?«, fragt er irritiert.

Natürlich hat er sich nicht besser unter Kontrolle. Einzig die schusssichere Weste verhindert allzu übertriebene Gesten. Trotzdem sieht Klinge aus wie eine Mischung aus Dirigent und Magier, als er Marvins schockstarrer Mutter mit den Beweisstücken im Gesicht rumwedelt. Einmal tippt er ihr mit dem Knochen an die Nase. Ich halte die Luft an, damit *muss* seine Tarnung auffliegen. Aber es sieht gut aus. Also vor allem Marvins Mutter. Sie ist beeindruckt, das ist klar, sie hört zu, erwidert nichts, kriegt immer größere Augen, und wenn mich nicht alles täuscht, glitzert in ihrem linken Auge eine Träne der Trauer um Jack. Gut, kann auch Einbildung sein. Es dauert exakt sieben Minuten und zweiundvierzig Sekunden. Dann nickt Oberwachtmeister Klinge, steckt Stein, Knochen und Karte wieder in seine Taschen und schlendert mit dem Gang eines Menschen, der immer recht hat, langsam in unsere Richtung. Marvins Mutter sieht ihm hinterher, bevor sie im Haus verschwindet und die Tür zuzieht.

»Wir sehen uns morgen, dann erzähl ich dir alles«, sage ich und stehe auf.

»Okay! Und dann nimmst du mich mit zu Klinge?«

»Klar. Ich will ihn nur drauf vorbereiten. Er ist ein bisschen ... eigen.«

»Ja, das sehe ich«, sagt Leo, und wir grinsen beide ein bisschen.

Als Klinge ein paar Schritte an unserer Hecke vorbei ist, trete ich raus und schließe zu ihm auf.

»Was macht der Ghuljagd-Zerstörer denn hier?«, fragt er sofort.

»Leo. Er –«

»Tssssss«, macht Klinge.

»Okay – der Junge. Bei dem laufen die Fäden zusammen. Er kennt die Familie und die Geschichte dahinter. Ohne ihn wäre das alles nicht möglich gewesen. Egal, wie ist es gelaufen?«

»Wie – gelaufen?«

»Glauben Sie, sie hat es Ihnen abgenommen?«

Klinge bleibt abrupt stehen. »Hände hoch, oder ich schieße!«, blafft er mich an.

Ich bleibe stehen, gucke ihn an. Er steht da wie ein Cowboy beim Duell – breitbeinig, die Hände über dem Gürtel schwebend, bereit, zur Waffe zu greifen. Erst jetzt sehe ich, dass er wirklich eine Pistole am Gürtel trägt. Ich hoffe, die ist aus Plastik, will ich sagen, da schlägt seine Riesenhand wie ein Blitz in das Halfter ein, er zieht und BÄM! Mit einem Knall löst sich ein Schuss, und ich könnte schwören, ich fühle den Luftzug an meinem linken Ohr, bevor ich mich wegducke und meine Arme schützend um meinen Kopf lege.

»Sind Sie wahnsinnig?«, schreie ich und weiß im gleichen Moment die Antwort.

»Du hast die Hände nicht hochgenommen«, sagt Klinge schulterzuckend.

Im Hintergrund kommt Leo aus der Hecke gestürzt, und ich mache kurz das Daumen-hoch-Zeichen, bevor ich Klinge an seinem beigen Hemd wegzerre, weil garantiert gerade jemand die echte Polizei ruft.

»Aber deswegen schießt man doch nicht einfach auf jemanden!«

Wir stolpern nebeneinanderher, schnell weg vom Tatort.

»Wenn man die Polizei ist, schon«, sagt Klinge und hat irgendwie recht.

»Ja, aber –«

»Mädchen, Wunsch ist Wunsch, und das war deiner. Du fragst, ob sie mich ernst genommen hat? Jetzt weißt du, was passiert, wenn man es nicht tut. Klar so weit?«

»Absolut«, seufze ich.

42

Jannis Stimme knallt durch die Wohnung, als ich reinkomme.

»*Du* hast mich zum Ballett geschickt! *Du* hast mich in die Klamotten gesteckt! Warum? Wolltest du, dass ich ein Mädchen bin?«

»Ich liebe dieses Foto von dir, Janni. Guck doch mal, wie süß du da aussiehst«, sagt Mama.

»Freunde, hergehört, die Lucie ist jetzt auch da, und ich schlage vor, ihr setzt euch alle mal an einen Tisch und redet ganz offen.«

»Nicht jetzt, Michael«, sagt Mama.

Ich steige gleich ein: »Janni, Marvin ist einfach so ein Arschloch, scheiß doch drauf, was der macht.«

»Hm ja, genau. Nur dass es außer Marvin noch mindestens zweihundert andere Leute gesehen haben und ich für alle jetzt nur noch die Schwuchtel im Tutu bin!«

»Bitte achtet darauf, dass ihr nicht ironisch oder gar sarkastisch werdet. Bleibt bei euren Gefühlen. Und vermeidet Kraftausdrücke. Auch Sprache kann verletzen.«

Wir entscheiden unabgesprochen, den Michi zu ignorieren.

»So nennen die dich in der Schule? Ich muss mal mit den Lehrern sprechen«, sagt Mama.

»Auf keinen Fall!«, brüllen Janni und ich gleichzeitig.

»Janni, es tut mir echt leid, ich hätte Marvin hier nicht alleine lassen sollen.«

»Was meinst du damit, Lucie?«, fragt Mama.

»Ja, was meinst du damit, Lucie?«, sagt Janni.

»Ich hätte das nicht zulassen dürfen, dass er in unserer Wohnung rumläuft und Fotos abfotografiert, um dann –«

»Er hat das Foto von dir?«, kommt es tief aus Jannis Kehle.

»Mann, Janni, ich –«

»Nenn mich nicht Janni! Das ist ein Mädchenname!«, schreit er mich an und rennt in sein Zimmer. »Und vielen Dank, dass du mein Leben ruiniert hast!«

»Ja! Es ist gut, wenn ihr eure Wünsche formuliert«, sagt Michi.

»Du, könntest du mir einen Gefallen tun und mir einen Tee machen?« Schlaue Mama.

»Jetzt?« Michi klingt ein bisschen enttäuscht.

»Ja, bitte.«

»Die Gute-Laune-Mischung?«

»Äh, ja. Bitte.«

Michi verzieht sich, und Mama fragt mich: »Was ist denn los?«

»Nichts.« Ich gehe Janni hinterher, meine Mutter mir.

»Eine Halb-Lesbe als Mutter und eine Schwester, die keine Freunde hat und für einen Bekloppten ein Buch schreibt. Und jetzt auch noch ein kackender Rotkohlveganer? Kann hier mal irgendwas normal sein? Kein Wunder, dass alle denken, mit mir stimmt was nicht.« Janni sitzt auf seinem Bett, die Beine angezogen, ein Strahl aus Hass auf den Boden gerichtet.

»Was für ein Buch?«, fragt meine Mama.

»Was für ein Buch?«, schreit Janni. »Das Problem ist der Bekloppte, nicht das Buch!«

»Halt die Klappe, Janni!«, sage ich. »Jannis.«

Mama ist ganz schockstarr.

»Er meint das nicht so«, sage ich leise zu ihr.

»Doch! Genau so!«, sagt Janni.

»Tut mir leid, Jannis.« Der Name fühlt sich komisch an in meinem Mund. »Aber war doch cool und besonders, dass du zum Ballett gegangen bist.«

»Ich will nicht *besonders* sein! Ich will nicht sein wie du!« Er richtet den Hassblick auf mich. »Oder wie du!«, dann auf Mama.

»Vielleicht war es ein Fehler, dass ich nie mit euch über Bernie gesprochen habe.« Mama sinkt in Jannis Schreibtischstuhl.

»Bernie interessiert mich nicht! Homos interessieren mich nicht!«, brüllt Janni.

»Mann, Janni –«

»Lucie, du kennst seinen Wunsch, und es ist gut, wenn du ihn respektierst. Hier, Rehlein.« Michi reicht Mama die heiße Tasse. Mama deutet ein Lächeln an.

»Können wir hier mal kurz alleine sein? Nur kurz«, sage ich zu Michi.

»Lucie, ich bin ab jetzt Teil dieses Systems, und ich glaube, dass ich euch dabei unterstützen kann, eine fruchtbare Ebene miteinander zu finden, einfach weil ich den professionellen Außenblick mitbringe.«

»Bleib eben. Aber halt den Rand!«, sage ich.

»Was ich nicht verstehe: Wieso ist das auf einmal so ein Thema? Dass ich mal mit Bernie zusammen war«, fragt Mama.

»Weil wir wie Homos behandelt werden, deshalb ist es ein Thema!«, schreit Janni.

»Ich fühle mich etwas unwohl, der Ausdruck ist nicht wertschätzend«, murmelt der Michi aus dem Hintergrund.

»Weil ich kein normaler Junge werden konnte, weil ich eine Homo-Mutter habe und überhaupt nur von Frauen umgeben bin!«

»Wo hast du das denn gelesen?«, frage ich.

»Das ändert sich ja jetzt zum Glück.« Der Michi guckt beglückt.

»Ist das für dich auch so, Lucie?«, fragt Mama.

»Nö.« Ich will Mama nicht noch mehr verunsichern. »Na ja. Es gibt schon Leute, die glauben, dass das vererbbar ist. Aber ich hab da kein Problem mit«.

Kurz herrscht Stille im Raum. Wir wissen alle nicht so richtig weiter.

»Ich hätte mehr mit euch reden sollen. Über alles. Natürlich betrifft es euch auch, mit wem ich zusammen bin. Wer hier ein- und auszieht. Das habe ich zu wenig bedacht.«

»Rehlein, das hast du schön gesagt. Damit zeigst du Respekt vor deinen Kindern. Sag: Ich fühle mich schuldig, dass ich euch zu wenig einbezogen habe, und werde das in Zukunft ändern.«

»Halt's Maul, Michi!«, brüllen wir alle gleichzeitig, und er macht dicke Augen, hebt die Hände, als würde er sich ergeben, und geht.

Ich schließe die Augen, ein Blinzeln nur, aber mein Hirn spielt in Höchstgeschwindigkeit einen Film ab:

»Okay, und weil man am besten sofort damit anfängt, wenn man beschlossen hat, etwas zu ändern«, sagt Mama, und ich halte die Luft an, weil das schon manchmal beim Wünschen geholfen hat. »... sage ich es euch gleich, auch wenn es vielleicht nicht der beste Moment ist. Es ist nicht nur Michi, der hier einzieht, sondern noch jemand anders. Jemand, den wir noch nicht kennen. Weil – wir sind schwanger.«

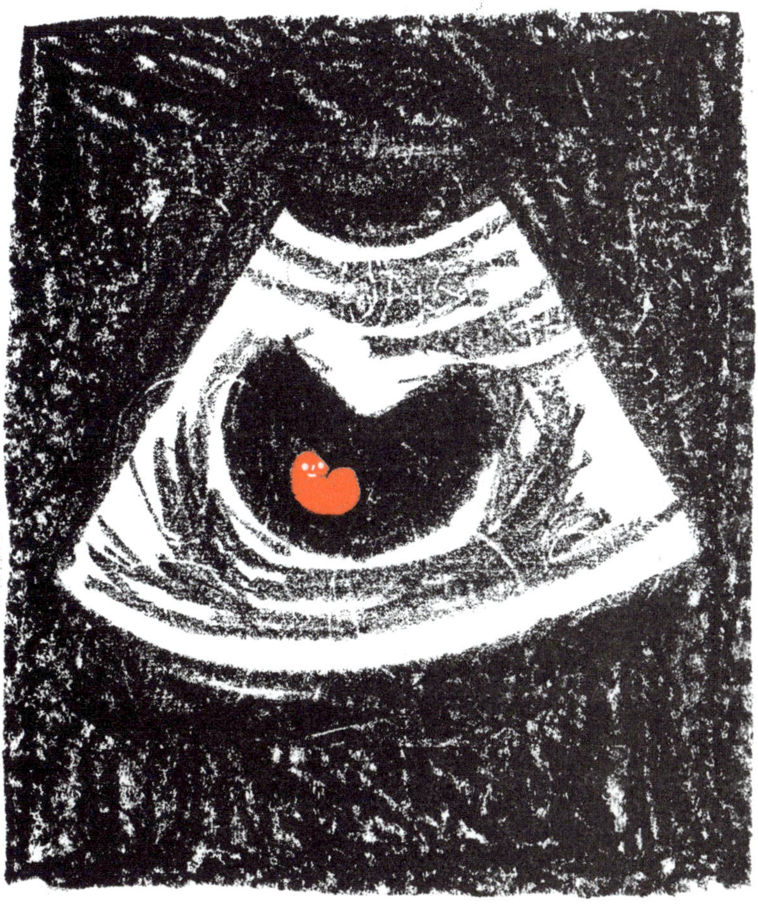

43

»Und, freust du dich?«, fragt Leo. Wir sind mit den Fahrrädern auf dem Weg zu Klinge.

»Freuen?«, frage ich ein bisschen zu laut, weil auf die Idee bin ich noch gar nicht gekommen. Dass man sich darüber freuen kann, wenn die eigene Mutter, statt die Kurve in die richtige Richtung zu nehmen, falsch abbiegt und sich für immer an einen Mann bindet, der unerträglich ist.

»Ich hätte nichts dagegen. Kleine Geschwister sind cool«, sagt Leo.

Klar hätte Leo gerne ein kleines Geschwister. Hätte ich mir auch denken können. Es tut mir leid, dass ich eins kriege und nicht er, aber das sage ich nicht.

»Ist es da vorne?«

Ein Feuerwehrwagen, auf dessen Dach das Blaulicht blitzt, ein paar Schaulustige drum rum. Kein Rauch, kein Sprungtuch, keine Polizei, kein Krankenwagen.

»Ja, komm!«, sage ich, und wir treten in die Pedale.

Vor dem Haus springe ich ab.

»Was ist denn los?«, frage ich die Frau in Feuerwehrmontur, die gerade in den Wagen klettert.

»Jemand hat gezündelt, in der Wohnung«, sie schaltet das Blaulicht aus. »Ich weiß auch nicht, die Leute werden immer verrückter. Die Nachbarn haben uns gerufen. Nix weiter passiert.«

Die Frau kommt mir irgendwie bekannt vor.

»Welcher Stock denn?«

»Ich frage dich – und du bist ja noch ein Kind –, wo sollte man auf keinen Fall ein Lagerfeuer machen? Hm?«

Es ist die Frau mit der Perücke ohne Perücke. Oder?

»Jemand hat ein Lagerfeuer gemacht?«, fragt Leo.

»Richtig, im Wohnzimmer!« Sie lacht, und es klingt, als hätte sie in ihrem Leben zu viel Zeit in verrauchten Wohnungen verbracht.

Die Eingangstür zu Klinges Haus steht offen, wir rennen rein, nehmen zwei Stufen auf einmal.

»Hey, hey, nicht so stürmisch!«, sagt einer der beiden Feuerwehrleute, die uns, jeder einen Stapel Kisten tragend, entgegenkommen.

»Welcher Stock?«, fragt Leo.

»Zwölfter. Leo! Das war die Frau!«

»Welche Frau?«

»Von der ich dir erzählt habe, mit der Perücke und dem Baby! Die vielleicht hinter ihm her ist.«

»Scheiße.«

Wir rennen. Wir fegen um die Kurven, schrauben uns das Treppenhaus hoch. Unsere Schritte hallen durch die Etagen, ich erreiche die zwölfte, als Leo noch in der elften ist. Ich werfe mich gegen die dicke Tür, die zu den Wohnungen führt, und stehe im Flur. Klinges Tür ist eingetreten. Sie steht schräg im Rahmen, in der Mitte ist sie durchgebrochen, der obere Teil hängt schief in der Angel. Sie sieht aus wie ein aufgerissenes Maul mit langen spitzen Zähnen.

»Ach du –«, sagt Leo.

Klinges Wohnung ist leer. Alle seine Vorräte sind verschwunden. Sein Gemüse, seine Beute, seine geheimen Zutaten. Diese mit seinem Glauben aufgeladenen, gut gehüteten Zaubermittel – alle weg. Genau wie er. Auf dem Boden nur noch ein kleines Chaos von Überbleibseln: ein alter Topf, Pfannen, eine klitzekleine Suppenkelle. Jemand hat die Pflanzen aus Tontöpfen gerupft, die Fensterbank ist voller Erde und umgefallener Vasen, die ihre Aufgabe verloren haben. Nichts lebt mehr in dieser Wohnung.

»Wo ist er?«, fragt Leo.

»Er war hier. Das ist die Wohnung. Hier wohnt er!« Ich höre meine etwas zu laute Stimme, die Aufregung darin. »Ich war doch hier. Mit ihm. Da lag die Matratze, auf der er Saltos geübt hat.« Ich laufe an die Stelle im Zimmer. »Hier waren seine Vorräte.« Ich baue die Berge mit meinen Armen nach. Ich werde immer leiser. »Drachenherzen. Einhornknochen. Werwolfspucke. Das alles.«

»Lucie? Was redest du?«

Ich fange mich wieder. »Egal, lange Geschichte. Wir müssen rausfinden, was hier passiert ist.«

»Sieht aus, als wäre jemand im Stress ausgezogen und hätte ziemlich Wut auf seine Pflanzen«, sagt Leo.

Ich bin so froh, dass er dabei ist. So ist nicht so viel Platz zum Traurigsein. Nicht so viel Zeit, um mir vorzustellen, dass sie ihn gekriegt haben. Wer auch immer sie sind. Dass er recht hatte und ich ihn vielleicht besser beschützen hätte sollen. Dass die Welt einen freilaufenden Verrückten weniger hat.

»Hey! Alles okay?«, fragt Leo.

»Leo, irgendwo hier müssen die Aufzeichnungen sein. Oder ein Hinweis. Irgendwas.«

»Und was genau –«

»Ich erklär's dir später, okay?«

Leo nickt, und wir fangen an zu suchen, heben jeden Topf, drehen jede Wollmaus um. Es gibt nicht viele Orte, an denen man hier etwas verstecken könnte. Überall das gleiche Ergebnis: nichts.

Dann fällt mein Blick auf den Haufen Asche in der Mitte des Zimmers. Es riecht, wie Lagerfeuer riecht, vielleicht ein bisschen strenger. Ein bisschen nach verbranntem Haar. Am Rand des Aschehaufens liegen angekokelte Holzreste und ein kleines Stück Fell. Sein Mantel? Ich bohre meinen Finger in den Haufen.

»Au!«

»Komm mal, Lucie!« Leo ruft von nebenan.

Ich drücke meine Fingerspitze hinters Ohr, die kälteste Stelle am menschlichen Körper, und gehe rüber.

Leo steht in der Mitte des Zauberzimmers, in dem ich alles erwartet hätte, in dem aber nichts ist. Vollkommen leer. Bis auf Leo, der dünne, lange Leo, der breitbeinig dasteht und von einem auf den anderen Fuß wippt.

»Hörst du das?«, fragt er und hält seinen Zeigefinger in die Luft, als würde er auf das Geräusch deuten.

Es knarzt. In dem Rhythmus, in dem Leo sein Gewicht verlagert, knarzt eine Diele.

»Wie im Film«, sagt Leo andächtig, und ich kann mich wieder bewegen und stürze mich auf die knarzende Diele, klopfe drauf – hohl –, lege ein Ohr daran – warum auch immer – und entdecke den Spalt zur nächsten Diele, in den mein kleiner Finger haargenau reinpasst. Ich bohre und vergrabe meine Fingerkuppe, schiebe sie unter das Holz – und ja, ich kann es anheben.

»Leo, du Meisterdetektiv!«

In dem Fach unter dem Holzfußboden liegt ein Stapel. Verkratztes, verkleckstes Papier, auf das ich die Rezepte geschrieben habe. Außerdem Jagdszenen, von Klinge skizziert, analoge Schlacht-Tutorials, Landkarten von Ich-weiß-nicht-wo. Kochen für Killer.

»Wir müssen jetzt systematisch vorgehen! Spuren sichern!«, sagt Leo und untersucht sehr konzentriert die Ecken des leeren Zimmers. Und irgendwie sieht er dabei aus wie ein aufgeregter Spürhund, beruhigend. Und ein bisschen süß.

Ich stecke den Stapel Papier, Klinges größten Schatz, unter meinen Pulli und spüre, dass ich ihn gegen alles verteidigen würde. Auf dem Weg zur Feuerstelle hebe ich die kleine Schöpfkelle auf und beginne mit dem Stiel vorsichtig in der Asche zu stochern.

Fast habe ich es erwartet. Ich stoße auf etwas Festes. Tief unten, da, wo es am heißesten ist, fast noch glühend: die Form eines Eis, die Oberfläche einer Kartoffel, das Gewicht eines Steins. Ascheweiß.

»Leo«, flüstere ich und halte es mir in der Kelle vor die Augen. Es ist ein Wunder, dass er mich hört.

»Was ist das denn?«

»Psst!« Gerade habe ich richtig Angst, dass wir genau jetzt erwischt werden, dass jemand reinkommt und uns alles wegnimmt.

»Was ist das denn?«, flüstert Leo.

»Klinge«, flüstere ich.

Und ich weiß selber nicht, ob ich mir glaube.

Wir hauen ab. Als wir wieder im Bus sitzen, erzähle ich Leo von der Phönix-Theorie, wie sie sterben und wieder auferstehen aus dem Feuer. Wie Klinge diese Tiere angebetet und wie er gesagt hat, er selbst hätte den Tod überwunden. Ich verspreche Leo, ihm Klinges Aufzeichnungen zu zeigen, die, von meinem Bauch gut gewärmt, unter meinem Pulli stecken. Klar, dann kommt womöglich die ganze Ketchup-Geschichte raus, aber das ist mir jetzt egal. Weil wirklich, das mag ich an Leo: dass er Ruhe bewahrt. Selbst wenn man ein echtes Phönixei in der Tasche trägt. Also tragen würde. Wer weiß.

»Wenn du es dir wünschen könntest«, fragt Leo irgendwann, »wären Klinges Geschichten wahr oder nicht?«

»Wahr«, sage ich und fange erst danach an, darüber nachzudenken.

Ich sehe Einhörner, so groß wie Hunde, am Dorfteich stehen und Ghulfamilien auf Gräbern tanzen.

Ich sehe Leute vor mir, die wie Miraculix aussehen und in großen goldenen Bottichen mit Zaubertrank rühren.

Ich sehe kleine Läden in dunklen Gassen, in denen man einzelne Erbsen kaufen kann.

Ich sehe mich, mit gelben Gummistiefeln, Latzhose und Strohhut, auf dem Friedhof Löffel schwingen.

»Wo er wohl ist?«, fragt Leo.

»In dem Ding?« Ich ziehe das Ei aus der Tasche.

»Und irgendwann springt er daraus hervor wie der Ehrengast aus der Torte«, sagt Leo.

»Würde zu ihm passen: TADAAAAA! Hier bin ich wieder! Schnell wie ein Pfeil, scharf wie ein Beil, mit Grund wie ein Weil! Egal ob er gerade stört oder nicht. Er würde ein leichtes Stretching hinlegen und um zwanzig Jahre verjüngt und mit raketenmäßiger Kraft durchs Zimmer schießen. Und dann: Drachen jagen, Herzen einlegen, Augen passieren und Zähne frittieren. Oh Mann.«

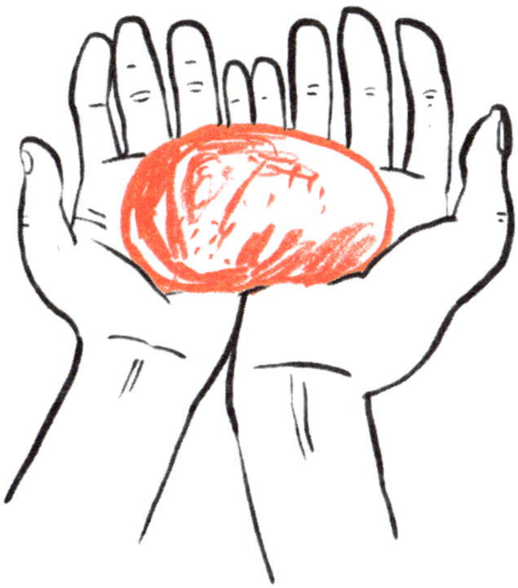

44

Zu Hause ziehe ich den Umschlag unter meinem Kopfkissen hervor. Meine Hand zittert nur ein ganz kleines bisschen, als ich ihn betrachte. Ein normaler Briefumschlag. Ein wenig wärmer vielleicht als jeder andere, aber das kann auch daran liegen, dass ich ihn seit Tagen mit meinem Kopf ausbrüte. Kurz halte ich die Luft an, als ich ihn aufreiße. Darin ein kleiner Zettel und ein Zugticket. Nach Berlin. Morgen.

Ich müsste atmen, aber ich kann nicht. Ich wende das Ticket in meiner Hand. Und auf einmal taucht Klinges Gesicht auf, wie ein Hologramm auf einem Geldschein, das man nur sieht, wenn man den Schein in einem bestimmten Winkel hält. Er guckt mich an, lächelt mir zu und ist wieder weg. Ich wende das Ticket wieder und wieder, halte es gegen das Licht, kneife die Augen zusammen. Nichts. Das kann nicht sein. Wir haben nicht darüber gesprochen.

Und da wird es mir klar: reiner Zufall! Die Person, der ich das Kochbuch übergeben soll, wohnt in Berlin. Ich atme tief ein und blicke auf den Zettel. *Lucie Schmurrer* steht darauf. So krakelig, dass man die Anstrengung, die es gekostet hat, das zu Papier zu bringen, sehen kann. Und das Erste, was ich mich frage, ist: Was war schwieriger für Klinge, überhaupt etwas zu schreiben oder den Namen aufzuschreiben, den er absolut abgelehnt hat?

Es dauert einen kurzen Moment, bevor ich realisiere, was das alles bedeutet. *Ich* bin die Leserin. *Ich* bin die, die Klinges Geheimnis schützen soll. Er hat *mich* ausgesucht. Mein Gefühl ist glitschig wie ein Karpfen, ich kriege es nicht zu fassen. Da ist:

× STOLZ, dass er mir mehr zutraut, als er je zugegeben hätte.

× ANGST, dass er mich überschätzt.

Und dann ist da noch was. Er tut mir leid. Alles, was er hatte, sein Lebensding, sein Sinn, sein Schatz, sein Das, wofür er es mit allen aufgenommen hat, das vertraut er mir an? Mir? Dem Mädchen, das nicht mal seinen richtigen Namen weiß? Mir, die er doch erst ein paar Tage gekannt hat, als er mir den Umschlag gegeben hat? Heißt das, dass er niemanden hatte außer mir?

Ich hauche das Zugticket an, das ich noch immer in der Hand halte, vielleicht hat der Effekt was mit Wärme zu tun. Nichts.

Irgendwo, im hinterletzten Stübchen meiner Intuition, drückt sich ein Gedanke herum: Was, wenn nichts, rein gar nichts an der ganzen Klinge-Geschichte Zufall ist? Der Zettel am Schwarzen Brett, die Garstigkeit, mit der er mich fast – aber eben nur fast – vertrieben hat. Das Vor-die-Tür-Setzen und dann Immer-wieder-Reinlassen? Warum? Wer bin ich für ihn? Und wo ist er hin? Auf der Flucht und glücklich? Oder gefangen in irgendeinem Heim, in dem er gerade das Zimmer auseinandernimmt?

45

Mama hat Pizza bestellt. Sie sagt, das gehört zu einem Umzug dazu, auch wenn er innerhalb einer Wohnung stattfindet. Nach einem Tag der Schlepperei, wenn alles ein großes Durcheinander ist und man sich noch nicht ganz zu Hause fühlt in der neuen Wohnsituation, dann braucht man die Wärme und den Trost einer bestellten Pizza. Also hat jeder von uns einen aufgeklappten Pappkarton vor sich und ein Stück Pizza in der Hand. Aber es hilft nicht. Hätte jemand etwas gekocht, wären jetzt zumindest die Geräusche zu hören, die Gabeln auf Tellern machen, wenn man damit Essen herumschiebt. Pappe ist stumm, so wie wir.

Jannis Blick ist hart, er starrt die Pappe an, als würde er sie hypnotisieren. Seine Wut geht in Wellen von ihm aus, und ich bin der Strand, an den sie schlagen. Es wäre Mamas Aufgabe, aus dieser Situation eine bessere zu machen, aber sie ist unfähig. Ich höre, wie sie immer wieder Luft holt, ansetzt, etwas zu sagen, aber kein Wort herausbringt. Der Michi kriegt von alldem nichts mit. Er summt. Er isst wie ein Kind beim ersten McDonald's-Besuch. Der Genuss, mit dem er jeden Bissen Pizza im Mund bewegt, die Aufmerksamkeit, die er jedem einzelnen Stück schenkt, ist so übertrieben. Ich kann meinen Blick nicht von ihm abwenden. Wie er verträumt grinsend auf dem nicht mal besonders guten Pizzaboden herumkaut, auf dem Brokkoli in Hollandaise und dem schlechten Käse. Wer isst überhaupt Pizza mit Sauce Hollandaise? Wenn Giovanni das wüsste. Als der Michi den Kopf hebt und mich angrinst, hat er einen Hollandaise-Bart.

»Das ist eine Pizza, verdammt noch mal! Tu nicht so, als hättest du so was noch nie gegessen!«, schreie ich ihn an.

»Lucie! Jetzt krieg dich mal wieder ein. Michi kann essen, wie er will!«, fährt mich Mama an.

Der Michi guckt wie ein getretener Dackel.

»Aber er geht mir so dermaßen auf den Sack! Warum, das wüsste ich wirklich gerne, Mama, warum musst du dir immer so absolute Volleimer aussuchen?« Ich schiebe den Stuhl nach hinten und brülle im Stehen.

Mama steht auch auf. »Sag mal, spinnst du?«, gibt sie zurück.

»Und jetzt bist du schwanger? Von dem? Was soll denn dabei rauskommen bei so einem Vater, hm? Außerdem: Denkst du eigentlich jemals an uns? An deine Kinder? Nur wenn wir im Weg sind, oder? Wohin mit den Gören, wenn die nächste große Liebe einziehen soll, was? Ist mir auch egal, weil, weißt du was, morgen bin ich eh weg!«

»Was soll das heißen, *weg*?«

»Weg! Berlin. Ich zieh zu Bernie!«

»Und wann kommst du wieder?«

»Nie! Ich ziehe aus, Mutter! Davon kommt man nicht wieder!«

Wir stehen uns gegenüber, das Gebrüll noch in den Ohren, den Hals stolz gereckt, alle beide. Und dann wird Mama auf einmal ganz weich und will mich in den Arm nehmen. Ich wende mich ab, aber sie lässt nicht locker, bleibt bei mir stehen, berührt mich sachte am Arm und sagt was Liebevolles, und als ich mich zu ihr drehe, habe ich Tränen in den Augen und sie auch, und wir umarmen uns und lassen uns erst mal nicht mehr los. Und dann kommt Janni dazu und legt seine Arme um uns beide, und wir sind uns so nah wie schon lange nicht mehr. Und wir sagen einander leise, dass wir uns lieben und niemand jemals zwischen uns kommen kann, dass wir eine Familie sind und dass das das Wichtigste ist und niemals anders sein wird. Und dann sagt der Michi etwas ein bisschen Dummes, aber auch ein bisschen Witziges, und wir gucken ihn alle an und lachen, und alles ist besser.

»Alles okay, Lucie?« Es knackt in meinem Hirn.

Mamas Stimme bringt mich zurück an den Tisch. Ich schlucke das Stück Pizza runter, das ich schon viel zu lange im Mund habe, und nicke stumm. Warum sind wir nicht eine von diesen Familien, in denen geschrien und gestritten wird? Danach wäre vielleicht alles besser.

Janni und ich liegen im Bett. Unsere Betten stehen so weit voneinander entfernt, wie es die Wände zulassen. Sein Zimmer ist dunkler als meins, die Vorhänge sperren das Licht der Straßenlaterne fast komplett aus. Nur wenn ein Auto vorbeifährt, fällt ein Lichtstrahl durch einen Spalt hinein und wandert die hintere Wand entlang, dann kann ich sehen, dass seine Augen offen sind. Aber auch sonst wüsste ich, dass er wach ist. Ich weiß, wie sein Atem klingt, wenn er schläft.

»Ich bin übrigens nicht mehr die, die keine Freunde hat«, sage ich ins Dunkel. Ich bin mir zwar nicht sicher, ob Leo schon als Freund durchgeht, aber er ist ja gerade nicht da, um sich zu wehren.

»Schön für dich«, schnauft Janni und dreht sich zur Wand.

»Und die Sache mit dem Buch ist auch vorbei.«

Janni sagt nichts.

»Bisschen schade eigentlich. Und – ich wollte noch mal sagen: Tut mir echt leid wegen dem Foto.«

»Hast du schon gesagt.«

»Leo und ich haben voll die gute Racheaktion gestartet. War seine Idee. Weil er findet auch, dass es scheiße ist, Leute, die nicht ganz normal sind –«

Janni setzt sich ruckartig auf.

»Ach, und ich bin nicht ganz normal?«

»Das meinte ich nicht, ich meinte –«

»Warum machst du das? Du machst alles noch schlimmer mit deiner scheiß Racheaktion!«

»Ja, aber Janni, ich –«

»Jannis!«, schreit Janni.

»Tut mir –«

»Lass mich einfach in Ruhe, okay!? Ich komm klar.«

Und damit schmeißt er sich wieder in seine Kissen, zieht die Bettdecke bis zum Kinn und dreht sich weg.

Er hat mir Platz in seinem Zimmer gemacht, aber er schmeißt mich raus aus seinem Leben. Also reden wir nicht. Nicht über Klinge und Leo und die doch wirklich gute Racheaktion. Nicht über den Michi und was für ein unerträglicher Mitbewohner er ist. Nicht über Berlin und ob er vielleicht nachkommen will. Nicht darüber, was eigentlich so schlimm daran wäre, homo zu sein. Nicht über Mama und über die Tatsache, dass da ein neuer Mensch in ihr wächst, der einer von uns sein wird, auch wenn er einer vom Michi ist.

Man sagt ja, wenn Leute dich wegstoßen, dann wollen sie dich eigentlich ganz nah bei sich haben und können das nur nicht sagen. Ich bin mir nicht sicher, ob das stimmt. Ich glaube, manchmal wird man auch weggestoßen, weil man etwas Dummes gemacht hat.

46

Sie fahren mich zum Bahnhof, Mama wollte es unbedingt. Ich weiß nicht, warum der Michi mitkommen musste, wir hätten das auch alleine hingekriegt, aber er ist jetzt wohl immer dabei. Ich warte auf einen seiner Kalendersprüche, mit dem er die unangenehme Stille noch unangenehmer macht. Aber nicht heute.

Ich starre aus dem Fenster, weil ich weiß, dass Mamas Blick über den Rückspiegel auf mich gerichtet ist. Weil ich weiß, wie sie guckt, und weil ich weiß, wie sich ihr Blick in mir anfühlt. Es ist ziemlich cool von ihr, dass sie mich gehen lässt. Sie hätte es verbieten können. Sie hat es nicht mal versucht. Ich muss kurz grinsen, weil Kalenderspruch Nummer 1652 durch mein Gehirn zuckt:

Was du liebst, lass frei.
Kommt es zurück, gehört es für immer zu dir.

»Ich freu mich, wenn du zurückkommst«, sagt Mama, und ich gucke in den Rückspiegel und wieder weg.

Kann sie Gedanken lesen? Ist das vielleicht so eine Art Superheldinnenkraft, die schwangere Frauen haben? Wäre gar nicht so schlecht, dann wüsste sie, dass ich sowieso für immer zu ihr gehöre. Keine Ahnung, warum Mama Bernie nicht angerufen hat. Vielleicht wegen Broken-Heart-Syndrom. Oder weil sie mir geglaubt hat, als ich ihr gesagt habe, dass ich schon mit Bernie telefoniert und alles besprochen habe.

Vor dem Fenster wischt die Stadt vorbei. Und obwohl ich sicher bin, dass ich jedes Haus dieser Straße schon mal gesehen habe, fühlt sie sich fremd an. Oder bin ich das? An die Wand vom Musikladen hat jemand *Such mich nicht, ich finde dich* gesprüht. Klinge, denke ich sofort. Quatsch natürlich, aber was soll das sein? Eine Drohung an jemanden, der nicht gefunden werden will? Ein Versprechen unter Liebenden, deren Liebe nicht sein darf? Wie auch immer – ist es sicher, dass derjenige, für den diese Nachricht ist, das auch erkennt?

Mama hält nicht in der Drei-Minuten-Haltebucht, sondern fährt auf den Parkplatz, auf den man fährt, wenn man jemanden zum Gleis bringen oder von dort abholen will. Es ist der Parkplatz, auf den man fährt, wenn man noch möglichst lange bei dem Menschen sein will, der abfährt.

Gleis 3. Ich laufe zwei Meter vor Mama und Michi und bin froh, dass ich nicht sehen kann, ob sie Händchen halten. Der Bahnhof ist laut und voll, alle wollen irgendwohin, nach Hause oder ganz weit weg von dort. Sie sind traurig oder aufgeregt, sie freuen sich und sind unsicher, weil sie nicht wissen, was kommt. Sie ertasten alle drei Minuten, ob ihr Ticket wirklich in der Jackentasche steckt, ob sie ihr Handy und ihr Portemonnaie dabeihaben. Ich bin eine von ihnen.

Der Michi steht auf dem Gleis, ein paar Meter weit weg, als ich in den Zug steige. Mama würde am liebsten mit einsteigen, sie blockiert den Schließmechanismus. Es piept laut, die Tür schließt, Mamas Knie ist im Weg, die Tür öffnet. Ich stehe drinnen und will mich hinsetzen und auch wieder nicht.

»Warum eigentlich Lucie?«, frage ich, und meine Stimme klingt trotz der Bahnhofsgeräusche laut nach so langem Schweigen.

»Was meinst du?« Mama lächelt traurig.

»Warum hast du mich Lucie genannt?«

»Weil mit dir die Sonne aufgegangen ist.«

Das hört sich schön an, finde ich und hoffe, dass sie das merkt.

»Du bist morgens um 4:17 Uhr geboren. Als ich dich in den Armen hielt, habe ich aus dem Fenster geguckt, und die Sonne ging auf. Da wusste ich es.«

Weiter.

»Lucie kommt von Lux, dem lateinischen Wort für Licht. Das fand ich schön. Und passend.« Sie lächelt. »Du hast auch ein bisschen geleuchtet, weißt du? Tust du noch immer.«

Unsere Blicke treffen sich, und es fühlt sich warm an.

»Am Gleis 3: zuuurückbleiben bitte!«, kommt es aus den Lautsprechern, und meine Mama greift in den Zug, legt mir den Zeigefinger an die Wange, und auf einmal riecht es nach ihrem Bett, in dem ich schon viel zu lange nicht mehr lag.

»Mach's gut!«, sagt sie, zieht die Hand zurück, und dann piept es wieder, und die Tür schließt sich mit einem erleichterten Seufzen.

Als der Zug anfährt, macht Mama aus ihrer rechten Hand ein Telefon, das sie sich ans Ohr hält, und guckt mich fragend an. Ich nicke ihr zu, und dann sind sie und Michi weg. Oder ich.

47

Wagen 17, Sitz 23, Fensterplatz, Großraumwagen. Klinge hat mir sogar einen Platz reserviert. Neben mir atmet ein dicker Mann laut durch den Mund. Er hat Ei gegessen. An jedem Bahnhof kontrolliert er, ob die Ankunftszeiten mit dem Reiseplan übereinstimmen. Zwischen uns ist eine Armlehne, die wir uns wahrscheinlich teilen sollen, aber ich habe keine Chance gegen seinen Unterarm, der schwer und fettig wie ein toter Lachs zwischen uns liegt.

Der Tag, an dem Bernie ausgezogen ist, war unerträglich still. Es war, als hätte sich eine dicke Schicht Schnee über alles und jeden in der Wohnung gelegt, alle bewegten sich langsam und lautlos, jeder Schritt schwer unter der unsichtbaren Schneedecke. Mama und Bernie waren wie in Zeitlupe. Da war nichts mehr von den Geräuschen der letzten Tage. Keine scheppernd umgestoßenen Stühle, keine in den Raum geschrienen Sätze, die von den Wänden widerhallten. Alles war dumpf und behängt mit unsichtbaren Gewichten, die uns zu Boden zogen. Im Flur standen vielleicht fünf Kartons, Bernie hatte sich einen großen Sack über die Schulter geworfen. Mama ging gebückt zur Tür, und ich habe nur gestanden und geguckt und aufgepasst, dass Janni nichts macht. Ich wollte, dass er auch still ist, dass nicht er es ist, der die Stille kaputt macht. Ich wollte, dass es Bernie ist. Dass sie etwas sagt, was den Moment verändert und in eine andere Richtung dreht. Dass sie den Sack fallen lässt und alles nur ein Scherz war. Oder ein Ausprobieren und Feststellen, dass es nicht das Richtige ist. Dass sie sich wieder vertragen, das konnten sie doch so gut. Ich weiß jetzt, dass das falsch war. Man sollte nie darauf warten, dass jemand anders den Moment verändert. Auch deswegen bin ich gegangen. Irgendjemand musste irgendetwas tun.

Ich taste das hundertvierundzwanzigste Mal nach meinem Ticket und fühle ein kleines Zettelknäuel, das sich im letzten Taschenzipfel meiner Hose zwischen Fusseln versteckt. Ich fasse es nicht. Ich hab mein Zuhause verlassen, mein Zimmer, meine Familie, meine Küche, mein alles. Ich bin weg, fange ein neues Leben an und habe einen von Michis Sprüchen mitgenommen? Ich fische den zerknüllten Zettel aus der Tasche und falte ihn auf.

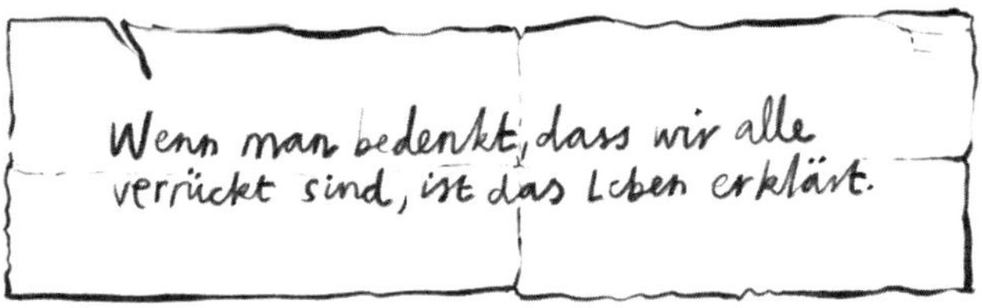

Ich starre auf das Papier. Dann knülle ich es schnell zur kleinstmöglichen Kugel und schmeiße es weg. Michi? *Der* Michi? Flanellschlabberhosen-homo-sagt-man-nicht-Michi? Liebi-Liebi-Liebi-Michi? Weichi-Weichi-Eitidei-Michi?

Ich weiß nicht, wohin mit diesem noch nie gefühlten Gefühl von Zustimmung mit irgendetwas, was dieser Mann tut oder sagt, es ist verwirrend. Hat der Michi etwa einen unmichi Kern? Gibt es eine coole Zelle in diesem Menschen? Ich muss mich noch ein bisschen sammeln, aber ich glaube, das da gerade ist die beste Nachricht seit Langem. Der Vater meiner Schwester, der Freund meiner Mutter, der Mitbewohner meines Bruders ist vielleicht doch nicht verloren für die Welt. Vielleicht kann dieser unmichi Kern wachsen, wenn er gepflegt wird? Wenn er mit Gedanken gefüttert und gehegt wird. Wenn er freigelegt wird. Rausgeschält. Wenn man alles Michihafte wegschmeißt, bleibt dann nur noch der Unmichi?

Ich hole den zu einer Kugel geknüllten Zettel aus der kleinen Müllschublade in der Armlehne, auf der der Lachs liegt, und stecke ihn wieder in meine Hosentasche.

Irgendwo habe ich mal gelesen, dass man im Zug so gut denken kann, weil der Körper sich bewegt, ohne dass man etwas dafür tun muss. Deswegen gibt es einen Energieüberschuss, und der geht direkt ins Hirn. Ich überlege jedenfalls, ob die Grenze zwischen verrückt und normal genauso erfunden ist wie die Zeiteinheiten, Gesetze und Ländergrenzen. Vielleicht mussten die Menschen, um klarzukommen, nicht nur den Tag in Minuten und Stunden einteilen, vielleicht mussten sie auch ihre eigenen Gedanken und die aller anderen in normal und unnormal einteilen. In erlaubt und nicht erlaubt. Vielleicht ist Sortieren überhaupt so eine Art Krückstock, den die Menschen brauchen, um mit der Steinigkeit des Lebens klarzukommen. Die meisten Menschen jedenfalls. Und die Menschen, die diese Krücke nicht brauchen, sie vielleicht sogar zerbrechen oder verbrennen, die sind auf jeden Fall sehr verdächtig. Vermutlich verrückt. Oder homo. Oder beides. Wenn es verrückt und normal und die Grenze dazwischen nicht geben würde, wäre alles anders. Alle wären anders. Rücksichtsloser. Sie selbst. Bisschen mehr unmichi, unjessie, unmarvin. Niemand müsste sich verstecken, weil er nicht normal genug ist. Niemand würde eingesperrt werden, weil er zu verrückt ist.

Ich muss meinen Kopf drehen, um aus dem Fenster sehen zu können, die halbe Sicht wird durch die Plastikwand versperrt. Draußen ist Sommer. Eine wilde Mischung aus Grüns rauscht vorbei, Wiesen, die sich über Hügel legen, Blätter, die vom vorbeifahrenden Zug durchgeschüttelt werden. Bäume, Büsche, Pflanzen. Wälder, Seen, Müllhalden und Schrebergärten, bevor man durch eine größere Stadt fährt. Ich stelle mir kichernde Feen in den Baumwipfeln und um Seen stolzierende Einhörner vor. Einfach, weil es Spaß macht.

Ich glaube, Klinge wäre auf Jannis' Seite. Er hat sich immerhin für einen Namen entschieden und nicht den genommen, den wir ihm gegeben haben. Gut, *Jannis* steht auch in seinem Ausweis, aber ich schätze, das ist der erste Schritt. Sich gegen einen Spitznamen entscheiden, den andere einem gegeben haben, ohne zu fragen. Und ich habe mich nicht daran gehalten, hab einfach weiter den Namen benutzt, der mir passte. Genauso, bloß umgekehrt, hat Klinge es gemacht: hat mich einfach *nicht* bei meinem Namen genannt, weil er ihm *nicht* passte. Obwohl ich ihn tausendmal daran erinnert habe. Und vielleicht hatte er sogar recht. Vielleicht sind die Tage der Lucie Schmurrer gezählt. Aber was, wenn man nicht weiß, was danach kommt?

Mein Telefon vibriert.

Nachricht von Leo:
marvin ➡ 🔐🔐🔐 ! ✔
⛷ 🏂 ❌ ✔
🦍 🔨 ✔

Ich schreibe zurück:
Marvin hat Hausarrest? Skiurlaub fällt aus?
Dem Affen haben wir's gegeben?

Er: 💯 %

Ich: *Eine Beleidigung für den Gorilla,*
aber da seh ich mal drüber weg.
Und wo fahrt ihr stattdessen hin?

Er: 🌆

Ich: 🤷‍♀️

Er: 🐻 lin 🔜 👋

Ich bin froh. Wenn jemand einen in einer anderen Stadt besucht, ist es ziemlich sicher ein Freund. Vielleicht kann ich dann mit Leo darüber sprechen, wie es ist, wenn man einen kleinen Bruder verliert. Und ich muss mich dringend bei ihm entschuldigen, weil ich ihn auf dem Friedhof gestört habe. Und wir könnten zusammen was kochen. Oder so.

Lux. Fast wie ein Superheldinnenname. Und wie Luchs. *Luchse sind einzelgängerisch, dämmerungsaktiv und territorial,* lese ich auf Wikipedia. Das gefällt mir. Außerdem sind sie die größten europäischen Wildkatzen, wunderschön und vom Aussterben bedroht.

Was ich auch gerne könnte: Krallen aus- und einfahren.

Leo heißt Löwe.

Luchs und Löwe. Passt doch.

Ich wähle die Nummer auf meinem Handy. Zähle jedes Tuten. Fühle das Ei in meiner Tasche. Nach dem fünften nimmt sie ab.

»Bernhardine Jakupak?«

DITA DANKT:

- Finn, ohne den alles nichts wäre.
- Jan für sein starkes Herz und sein großes Hirn.
- Rán für die Ehre.
- Eva für ihre wunderbare Fantasie und Rike, die mir davon erzählt hat.
- Lena für über dreißig Jahre und ihr Ehrenamt als Agentin.
- Hansklaus für die Lektion.
- Karen für den richtigen Schubs zur richtigen Zeit.
- Berni & Klaus für den Balkon der Ideen und den einzig wahren Mops.
- Peter & Roberta für die Meinung am Fluss und Rike & Dominik für die Beratung auf dem Berg.
- Danke der Kulturbehörde Hamburg für die Förderung und das wunderbare erste Publikum.

SAG MAL, DITA ...

In deinem Buch trifft die Hauptfigur Lucie auf Klinge, der ihre Sicht auf die Welt stark verändert. Wie würdest du Lucie und Klinge beschreiben?

Lucie ist eine ganz normale Dreizehnjährige, die auf ihre Achselhaare wartet und sich die Zwischenzeit mit dem Lösen von klassischen Familienproblemen vertreibt. Sie ist manchmal sehr erwachsen und manchmal noch Kind und hat die Schwankungen, zu ihrem Unglück, nicht unter Kontrolle. Was ich sehr an ihr mag, ist, dass sie schon vieles kapiert hat und trotzdem bereit ist zu lernen, dass sie stark ist, ohne es zu wissen, und Außenseiterin mit erhobenem Haupt.

Klinge ist ein ganz normaler Hundertsechsundachtzigjähriger mit einer übernatürlichen Reaktionsfähigkeit und dem Hang zum Drama. Er kann siebenundzwanzig Salti nacheinander, Fliegen mit der Machete köpfen und Feen die klitzekleinen Zähne ausschlagen. Man könnte sagen, dass er in seiner eigenen Welt lebt – aber tun wir das nicht alle irgendwie? Klinge versteckt seinen weichen Kern hinter ruppigem Verhalten, man darf nicht zimperlich sein in seiner Gegenwart, das ist klar. Aber – ganz ehrlich – so wirklich Bescheid wissen über Klinge, ist echt schwer.

Kann man etwas von Klinge lernen? Sieht man die Welt ein wenig anders, nachdem man dein Buch gelesen hat?

Wenn ich sage, man könne einen fantastischen Blick auf die Welt lernen, beißt mir Klinge heute Nacht ins Knie. Abgucken kann man sich vielleicht, den eigenen Blick zu bewahren, egal was andere darüber denken. Ich glaube fast, von Lucie kann man mehr lernen.

Was hat dich auf die Idee gebracht, Wie der Wahnsinn mir die Welt erklärte *zu schreiben?*

Eine vierjährige Freundin erzählte mir von merkwürdigen Vorkommnissen im Gemüseregal. Da war von knackigen Feenbeinen und würziger Werwolfspucke die Rede. Von ihr habe ich gelernt, wie viel Blut für ein Blech Ofengemüse fließen muss.

Welcher Satz ist dein Lieblingssatz im Buch?

Warum ist es eigentlich nicht wahnsinnig, daran zu glauben, dass ein Geist, der aussieht wie ein dünner, bekiffter Opa im Nachthemd, die ganze Welt gemacht hat?

Dita Zipfel – ein ziemlich spezieller Name. Bist du auch, wie Klinge, der Meinung, dass man sich seinen Namen selber suchen sollte und Eltern da nichts zu sagen haben?

Wenn ich an die Namen denke, die ich mir in meinem Leben schon selbst gegeben habe, bin ich ganz froh, dass meine Eltern für mich entschieden haben. Außerdem habe ich gelernt: Was sich zu Beginn des Lebens wie ein Fluch anfühlt, kann sich in der Mitte wie ein Segen anfühlen. Mal sehen, wie es am Ende ist.

DITA ZIPFEL, geboren 1981, lebt mit ihrer Familie in Frankreich und Norddeutschland. Sie schreibt Bilderbücher, Theaterstücke und Drehbücher. ›Wie der Wahnsinn mir die Welt erklärte‹ ist ihr Jugendbuchdebüt und wurde u. a. mit dem Korbinian, Paul-Maar-Preis 2020, ausgezeichnet sowie dem Deutschen Jugendliteraturpreis 2020. Von der Stiftung Buchkunst wurde es als eines der 25 ›Schönsten Deutschen Bücher‹ ausgewählt.

RÁN FLYGENRING, geboren 1987, hat in Reykjavik, Oslo und Berlin studiert und ist Absolventin der Iceland Academy of the Arts. Mit ›Wie der Wahnsinn mir die Welt erklärte‹ gewann sie zum zweiten Mal den Deutschen Jugendliteraturpreis – nach ›Frerk, du Zwerg‹ (2012) mit Finn-Ole Heinrich.

Unterrichtsmaterialien zu
›Wie der Wahnsinn mir die Welt erklärte‹
zum kostenlosen Download unter
www.dtv.de

Dita Zipfel in der Reihe Hanser:
Wie der Wahnsinn mir die Welt erklärte
Brummps

Pssst! Alle Rezepte
im Buch können
gern nachgekocht
werden!

MIX
Papier | Fördert
gute Waldnutzung
FSC® C083411

10. Auflage 2025
2021 dtv Verlagsgesellschaft mbH & Co. KG
Tumblingerstraße 21, 80337 München
produktsicherheit@dtv.de
Lizenzausgabe mit freundlicher Genehmigung
der Carl Hanser Verlag GmbH & Co. KG, München

Umschlaggestaltung: dtv nach einer Vorlage und mit
einer Illustration von Rán Flygenring
Satz: Fotosatz Amann, Memmingen
Druck und Bindung: CPI books GmbH, Leck
Printed in Germany · ISBN 978-3-423-62743-6